手绘 全彩

上册

世界经典神话和传说故事·名师导读版 下

杨九俊／主编

南京大学出版社
江苏凤凰电子音像出版社

序

中国出版界的元老张元济先生有句名言："天下第一好事，还是读书。"读书好在哪里呢？听听前贤的声音大致可知。雨果说："各种蠢事，在每天阅读好书的影响下，仿佛烤在火上一样，渐渐熔化。"曾国藩说："人之气质，由于天生，本难改变，唯读书可改变气质。"北宋黄山谷有言："士大夫三日不读书，则面目可憎，语言无味。"这些论述大抵强调读书对人的精神滋养，"腹有诗书气自华"，恰如谢冕教授所言："一个人一旦与书结缘，那他极大可能是注定了与崇高追求和高尚情趣相联系的人。"

当然，读书的好不止于此。在读书中人的精神成长是与知识的充实、才情的增长、视野的扩展联系在一起的。培根就说过："读书使人充实，讨论使人机智，笔记使人准确。""读书足以怡情，足以博采，足以长才。"黑塞曾描述过人们阅读经典"一步一步地去发现这个世界是如何成了一个洲乃至全世界，变成了天上的乐园和地上的象牙海岸，永远以新的魅力吸引着他们，永远放射着异彩。"因此，他断言："阅读经典是人们获得教养的途径。"

正是基于对读书价值的充分认识，部编教材试图做到如主编温儒敏先生所说，"专治不读书的病"，其中一个途径就是设计了"快乐读书吧"，向儿童推荐适合他们阅读的文学经典。所谓经典，就是经得起时间考验、历久弥新的作品。之所以历久弥新，原因在其具有熟悉的陌生感，一方面它会给人带来审美的惊异感，另一方面它表现的是人类社会的普遍精神。真正发挥"快乐读书吧"的作用，让文学经典落到实处，这无疑，对孩子们的精神发育、精神成长具有非凡的意义。

本书的编者是一群具有广泛影响力的语文特级教师，他们在探索"12岁以前的语文"，引导儿童阅读经典方面做出了突出的成绩。他们自觉担当，共同在创新"快乐读书吧"的落地工程。在编写本书时，他们隐身为"阅读向导"，给孩子们点拨，与孩子们对话，和孩子、家长、老师们共同商量，试图引导孩子们在经典架构的广袤大地上、茂密森林里寻觅、体验，从而开始"领略人类所思、所求的广阔和丰盈"，从而开始"在自己与整个人类之间，建立起息息相通的生动联系，使自己的心脏随着人类心脏的跳动而跳动"（黑塞语）。

希望本书大大小小的读者们提出宝贵意见，让我们共同努力，做好这项精神播种、筑梦未来的神圣工作。

杨九俊

目 录

阅读向导的话（写给学生）

阅读向导的话（写给学生）

神话和传说，是民间传说中不可思议或超自然故事的统称，是人类文艺百花园中的一朵奇葩。它由民众世代口耳相传，集体创作而成，表现了人们对超自然能力的崇拜，对美好理想和生活的追求，对人性真善美的颂扬和对假丑恶的批判。

《世界经典神话和传说故事（下）》是一本故事集，精选了来自北欧、日本、埃及、德国、古希腊、智利等众多国家和地区家喻户晓、对东西方文化有着巨大影响的神话传说故事。这些故事题材多样，内容丰富，情节曲折动人，人物个性鲜明，具有浓郁的异域风情和独特的人文气息。

《世界经典神话和传说故事（下）》按故事形式来看，分神话和传说两部分。神话和传说既有相同之处，又有细微差别：神话的主人公往往是超人和具有超自然力量的神，反映了人与自然界的种种关系，如《奥丁偷灵酒》《火神洛基》《征服巨人的杰克》等是神话；传说中的主人公的原型一般是历史上存在过的真人，其故事比神话更接近现实生活，其内容具有一定的教育和娱乐功能，如《勇士海森》《三个和一个》等是传说，小读者们在阅读时要做一下区分。

神话和传说常常展现劳动人民的聪明才智，蕴含着深刻的人生哲理，你在阅读时，不仅要读懂故事的内容，更要读懂故事背后的意义。如，《九色鹿的传说》劝诫人们要信守承诺、知恩图报；《幸福取决于什么》告诉人们幸福不取决于金钱和命运，而取决于辛勤劳动；这些故事，有的家喻户晓，也有的比较不为人知，譬如《青春的泉水》《时间的故事》等。你可以从题目入手，一边读一边想，有的时候甚至可以停一下，猜猜故事将会怎么发展，看看故事又是如何一步步写得那么引人入胜的。

世界文化是多元的，我们在阅读中会发现东方与西方、中国和外国的神话和传说有很多不同之处。西方注重人体的健美与力量，人物形象大多比较高大威猛，如英国故事《征服巨人的杰克》里的科尔摩兰、勃兰德波尔都是大力士；东方则更加注重品德的崇高和伟大，人物往往是善良聪慧的普通人，如印度故事《三个商人买三条猫腿》中的阿里。

本书选入的是世界神话和传说故事，它们来自亚洲、欧洲、非洲、美洲等各大洲，带有鲜明的地域特色和文化印记，一些关于服饰、饮食、器具、人名、地名的词语可能会给阅读带来一定困难，建议你在阅读的过程中可以通过查阅工具书，更好地理解故事内容，同时增进对不同文化的了解。你还可以查找与故事有关的电影或者动画片，琢磨一下这些故事是如何被改编成大家喜闻乐见的电影的，这样你就会懂得更多哟！

神话和传说是一个民族和国家的宝贵精神财富，也是我们了解各个国家和民族的发展历史、民族特性和文化传统的最好途径。孩子们，打开《世界经典神话和传说故事（下）》，走进神话和传说的奇妙世界，尽情遨游吧！

青春的泉水

（日本）

从前有一对老夫妇，老头子每天上山打柴，老太婆在家里操持家务。

有一天，老头子到森林里去打柴，到晚上还没有回来，老太婆整整等了他一夜。第二天一早，一个青年人背着一捆柴火到了她家。

老太婆仔细一看：这不就是她家的老头子吗？他怎么变得和二十岁的时候一模一样？

"你这是怎么啦？"老太婆惊奇地问他。

她丈夫给她讲了以下一段故事：

"昨天我到山里去打柴，忽然刮起了一阵大风，一只我从来没有见到过的美丽的小鸟飞过来，在我的头上转了几圈就又飞走了。我跟着鸟儿往前走，它把我带到

老头子居然变成小伙子了，怎么会这样？联系"青春的泉水"这个题目，或许你能猜到。接着往下读，看看你猜对了吗？

1

了一个奇异的山谷，那里鲜花盛开，到处飘香，风景美丽极了！不远的地方有一条小河。我渴了，就去舀河里的水喝。我一喝这种水，就感到浑身充满了力量。等喝够了，我就在山泉旁边睡着了。深夜，我醒来一看，月亮是那样明亮，鸟儿还在不停地歌唱。我一个人感到害怕，就连忙跑了回来。"

老太婆听了丈夫讲的这个离奇的故事，心里非常羡慕，就对丈夫说："我也要找到这个泉水，我也要变得年轻！"

"好吧，你去找吧！"丈夫高高兴兴地给她指了路。

可是第二天，老太婆并没有回家。又过了几天，她还是没有回来。丈夫不得不去找她了。

他来到一片林中空地，一看，周围空荡荡的，一个人也没有。他心里越来越不安了，心想："会不会是什么野兽把她吃掉了呢？"

他又到泉水边上走了一趟，还是没有找到老太婆的踪迹。他灰心了，刚要往回走，忽然听到一个小孩子的哭声。

"有谁会把小孩子带到这种荒凉的地方来呢？"他

想着想着，便朝哭声传来的方向走去。

在一处茂密的草丛里，他发现了一个白色的东西，拿起来一看，原来是他家老太婆的一件衣服，里面裹着一个哇哇大哭的孩子。

"糟糕！我的老伴变成一个小娃娃了！"丈夫急得不知如何是好。

娃娃朝他点点头，哭得更凶了。

老太婆变成了小娃娃，意不意外？你是不是惊得瞠目结舌，又感觉要笑出来？出现这样的结果，你联系题目就能猜到原因了哟！

"可怜呀可怜，这就是你呀，我的老伴！"老头子对她说，"你太贪婪，青春的泉水喝得太多了，你已经变成一个吃奶的娃娃了。现在可叫我怎么办呢？"

老头子没有别的办法，只好把他的娃娃老太婆捧在手上带回家。

从此以后，老头子每天都要抱着他的娃娃老太婆，挨家挨户地去求人家给她喂奶。

- -

想一想：

1. 如果有人想青春永驻，老头子会告诫他什么？

_____

3

2.老头子和老太婆都喝了青春的泉水，结果却不一样，在写法上有什么不同呢？

问一问：

　　青春的泉水太神奇了，不同的人喝了结果却不同，对此你会提出什么问题？

一寸法师

（日本）

很早很早以前，有一位老爷爷和一位老奶奶。这对老夫妇没儿没女，因此十分盼望得个孩子。盼呀盼呀，每天早晚，他们都向神仙祷告："请神仙赐给我们一个孩子，即使是还没有指头大的也好。"

过了一段时间，老奶奶真的生了一个还没有指头大的小男孩。虽然这么矮小，但总归是个孩子呀，老两口儿精心抚养。这个孩子虽然很聪明，却总也不见长，因此，附近的大人们都管他叫一寸法师，小孩子们也嘲笑他是个小不点儿。

有一天，一寸法师想到京城去见见世面，就对他父母说："父亲、母亲，请给我几天假。"

他父母听他这么一说，吃了一惊，问道："你想干什么呀？"

"我想上京城去见识见识，开开眼界，学点东西，

5

将来当个有本事的人。"

"好呀，好呀！"老两口儿虽然放心不下，但想到一寸法师是这般聪明伶俐，也就立刻答应了。于是，一寸法师带上饭碗和筷子，他把饭碗扣在头上当帽子戴，把筷子当成手杖来拄着。还带上了一根针，用麦秸当鞘，插在腰上。他说了声："那么，我走了！"就往外走去。走了不远，他遇见一只蚂蚁。因为听人说过，沿着河往下游去就能到京城，所以一寸法师问蚂蚁道："蚂蚁大哥，蚂蚁大哥，去河边怎么走？"

蚂蚁回答："穿过蒲公英小巷，走到笔头菜路的尽头就到了。"

他往前走不远，就看见了蒲公英开花的地方，从那里进入小巷再往前走，果然能看到矗立着的笔头菜，那儿还流淌着一条大河。一寸法师赶紧摘下了一直当帽子戴的碗，把碗浮在水面上当船坐，把筷子当桨来划。

一寸法师刚一上船，碗船就漂走了，像箭一般飞快地前进，时而骨碌骨碌地打转转，时而随波摇晃，一直向下游漂去。漂流的树枝差点儿碰着他的碗船，他立即用筷子当桨，一划就闪开了。有一回，有条大鱼游来，几乎把碗船弄翻了，好不容易用这支筷桨拨转船头，才

避免了一场事故。

漂着漂着，水越流越慢，不一会儿，船就靠了岸，终于到京城了。

一上岸，他又把碗当帽子戴，把筷当拐杖用，把针刀别在腰间。法师首先去拜访京城的大臣，他来到大臣的高宅大院门口，叫道："劳驾！有人吗？"

家丁答应："这就来。"走出去一看，门口一个人也没有。他觉得很奇怪，又走进去了。又有声音说："有人吗？劳驾！"

他又出来一看，还是一个人也没有。他又退回去，又有声音叫。他更觉得奇怪了，就又出去。他进进出出，终于在自己穿的高齿木屐上看到了一寸法师。

"我是一寸法师，到京城来想学点本领，请把我收为侯爷的家将吧！"

听他这么一说，家丁立即跑到大臣那里报告："现在大门口来了

哇，总算有惊无险！读着这段生动的文字，我们可以想象一寸法师机智能干的样子。等待他的将是什么呢？

你们看，一寸法师虽然只有手指般大，但他人小志不小。在船上他沉着冷静、化险为夷；在大臣家门口，他落落大方又彬彬有礼。对，他是个认准了目标就去努力的人。

一个名叫一寸法师的奇怪的小孩，他说他愿当侯爷的家将。他头戴碗帽，手执筷杖，腰别一把针刀。他的个子只有小指头那么丁点儿高。"

"哦？"大臣听了，觉得很惊奇，"这可是少见的小孩子，带进来看看！"

于是，家丁对一寸法师说："侯爷有请，请进来！"说着，把一寸法师捏起，把他放在掌心上，带到大臣面前。大臣也用手掌接过来，拿到眼前问："你就是一寸法师吗？"

一寸法师回答："是呀！您是侯爷吗？初次拜见大人，请您收我为您的家将吧！"说着他在大臣的掌心上跪下行礼。大家看了，都十分惊讶。特别是大臣本人，更是觉得一寸法师又好玩又可爱，真是爱不释手。

"好的，好的，一寸法师，我已接纳你为我的家将啦。"

"是，感谢侯爷！"一寸法师又在大臣的掌上磕头行礼，大家更是佩服得很。这时大臣问道："喂，一寸法师，你能做什么？"

一寸法师回答说："我什么都行。"

"那么，你在我手掌上跳个舞吧。"

于是，一寸法师在大臣的手掌上跳了个"掌上舞"。这真是精湛娴熟、饶有趣味的舞蹈，一寸法师仅仅这么一跳，就成了大臣家的红人，谁都想把他留在自己身边。大臣家的小姐尤其喜欢他。他的名声大振，不仅府上的人，就连大臣的亲戚朋友以及周围的邻居也都知道了。

大臣让家丁在小姐的桌子上搭起了一个玩具般的小屋，供法师起居生活。小姐看书时，他要么给她一页一页地翻书，要么就在砚台边上像走钢丝那样走着玩，而且几乎每天都陪小姐去清水寺参拜观音菩萨。但是，跟在小姐后面走，一不小心就会被人或马踩着，还得随时随地警惕猫或狗。所以，小姐经常把他装在和服的袖兜里，或者藏在腰带结扣里。

有一天，他躲进小姐的腰带结扣里跟着出去，半路上有三个鬼，鬼鬼祟祟地瞧着他们，不知在说些什么。一寸法师想：这是不寻常的事，其中必有缘故。想到这里，他从腰带里跳下来，朝着鬼跑去。

因为一寸法师个子小，鬼一点儿也没有发觉，还一面指着小姐的方向，一面议论着。有一个鬼说："咱们把从那儿经过的小姐和她带着的一寸法师抓走，好不好？"另一个鬼说："可是，看不见一寸法师呀！"第三个鬼说："嗯，他是个像豆粒那么大的孩子，藏在小姐身上的什么地方呢？不是袖兜里就是怀里。"三个鬼如此这般地谈着。

一寸法师听到这里，把别在腰间的针刀从麦秸鞘里拔出来。刚好有一个鬼弯起胳膊枕着脑袋，躺在地上讲话。法师"呀"的一声，把刀扎进这个鬼的大眼睛里。这个鬼还以为是什么虫子飞到自己眼睛里了，惨叫一声，连忙用两只手掩住眼睛。另外两个鬼看到伙伴这个样子，就问道："怎么啦？怎么回事？"说着，他们弯下腰，细看被刺伤眼的鬼的面孔。

正在这时，一寸法师又跳起来，以迅雷不及掩耳之势，朝着另外两个鬼的四颗眼珠"喳喳喳喳"地连扎了四针。鬼虽然力大无比，但眼睛看不见，什么也干不成，只好挥舞着手，用脚乱踢，向空中瞎扑一气。到后来，甚至互相又踢又打。有一个鬼号叫道："哎呀！受不了，不得了！"另一个鬼说："逃跑吧，逃跑吧！"第三个鬼嚷着："快跑，快跑！"于是，你东我西地逃命了。

鬼逃跑以后，一寸法师发现有一把小槌子掉在地上，这叫作万能小槌，是鬼的宝物。用这槌子一敲，要什么出来什么，这东西对人来说太有用了。由于鬼慌慌张张地逃跑，竟把它忘掉了。一寸法师捡起它来，拿到小姐跟前给她看。小姐看了，说道："一寸法师，这是万能小槌。用它一敲，要钱有钱，要米有米，你想要什么就出来什么！"

一寸法师却回答道："我不要钱，也不要米，只要我的个子快快长高！"

于是，小姐拿着小槌一边敲，一边说："长！长！一寸法师的个子快快长！"于是，法师的个子眼看着就长起来了，他长成了一个正常身高的英俊的小伙子。后来，一寸法师娶了小姐，把老爷爷、老奶奶接到京城，一起过着安安乐乐的日子。

同学们，在我们看来，一寸法师和三个鬼对抗，简直无异于以卵击石、蚍蜉撼树。但是，他凭着勇敢和机智，居然打败了他们，保护了小姐和自己。

想一想：

1.这个故事是如何写一寸法师身材之矮的？

2.一寸法师最后为什么能够长高？请从多个角度从文中找到依据。

弃老山

（日本）

有一位老爷爷和一位老奶奶，他们把儿子和孙子都养大了，自己却老得不中用了。

一天，儿子要把他们扔到弃老山里去，就让自己的儿子和他一块儿把老爷爷、老奶奶装在大筐里抬走了。儿子和孙子要回家的时候，孙子问："爸爸，我们要把这大筐拿回去吗？"

"没什么用了，一块儿扔掉算了。"

"等你老了的时候，这个大筐还可以用得上，我想还是拿回去的好。"孙子说。

"是啊，我也有老的时候，也会被扔到这个山里来。"儿子顿时醒悟，连忙把老爷爷和老奶奶抬回家里去了。

孩子们，这个故事很短，只有两百字左右。但这个故事又很长，因为它让我们想到了很多，很多。

善待父母，感恩父母。因为，父母对我们的爱有海那么深，有山那么高。

今天，我要给你们讲一个相关的故事。这故事更短。

　　儿子养不起年迈的母亲，决定把她背上山丢下去。
　　傍晚，儿子说要背母亲上山走走，母亲吃力地爬上他的背。他一路都在想爬高点再丢下她，当看到母亲在他背上偷偷往路上洒豆子，他很生气地问："你洒豆子干什么？"结果母亲的回答让他泪流满面："傻儿子，我怕你等会儿一个人下山会迷路。"

孩子，请你把两个故事一起讲给父母听，并聊聊这个话题。

想一想：

最后，儿子将两位老人抬回去时可能会说什么？

_____

_____

问一问：

　　读完这个故事，你可能会高兴，也可能会难过，有什么问题想问儿子、孙子或老爷爷、老奶奶吗？

_____

_____

_____

_____

奥丁偷灵酒

（北欧）

巨人苏特顿从侏儒那里得到了三罐灵酒，他视若珍宝，在尼特堡的山崖里专门造了一个石窟，将灵酒藏起来。由于外面有很多关于灵酒的传闻，保险起见，苏特顿又让女儿庚莱特住在石窟里，寸步不离地守护灵酒。巨人苏特顿生性吝啬，无论是神祇、精灵、巨人还是侏儒，都无缘沾过一滴灵酒。

神通广大的亚萨神们早知晓灵酒的事了。一直热衷追求知识和智慧的众神之主奥丁自然不会任由神奇的灵酒就这样被封闭在石窟之中，坐视不管。因此，奥丁从百忙之中腾出空闲，起身前往尼特堡。

奥丁到达距尼特堡不远的一个农庄时，看到有九个笨拙的仆役正在割草，因为镰刀太钝，所

苏特顿的灵酒是怎么得来的？背后也有一个很有意思的故事。同学们可以找一找，读一读。

15

以仆役们割得非常吃力。奥丁走上前说,他有一块神奇的磨刀石,可以把镰刀磨得非常锋利,不费吹灰之力就可以割断草。然后奥丁从腰带上解下一块磨刀石来,帮他们把镰刀磨得锋利无比。九个仆役发现这块磨石果真神奇,便争先恐后地要向奥丁购买,争来争去,不知怎么就撕扯起来。

奥丁装作很害怕的样子,把磨刀石扔出去,声称谁抢到就归谁。愚蠢的仆役们为了抢磨刀石,很快打成了一团,场面十分混乱。也不知道是奥丁用了什么法术还是因为仆役太愚蠢,这九个人竟然互相残杀,全部死掉了。

日落的时候,奥丁敲开了农庄主人的门,他以路人的身份请求借宿。农庄主人叫保吉,恰好是苏特顿的兄弟。此刻他正在纳闷,想不明白他的奴仆为什么会突然自相残杀。然而正赶上割草的季节,没有仆役帮忙干活,他非常焦急。奥丁诚恳地说自己很擅长割草,一个人可以顶得上好几个人,保证能及时帮他收割全部的草,但是报酬必须是要保吉从苏特顿那里要一口灵酒尝尝。保吉面露难色,灵酒是苏特顿的宝贝,他也没有足够把握能要到。不过他答应奥丁,如果奥丁真的能够帮他收割完所有的草，他到时候一定尽力让奥丁尝上一口灵酒。

整个夏天，奥丁都在卖力割草，扮演一个勤劳的农夫，九个人的工作他全都做完了，保吉对他的工作十分满意。冬天来临时，保吉该支付报酬了，他带着奥丁来到了他的兄弟苏特顿的家，恳求苏特顿让奥丁尝一口灵酒。但是，苏特顿毫无留情地拒绝了保吉的请求，连看都不让看一眼。离开苏特顿家后，保吉还是很想感谢奥丁，决定帮助他盗取灵酒。于是，保吉带着奥丁来到了尼特堡的山崖旁。在奥丁的鼓动下，保吉一时脑热，用钻子在山崖上钻通了石壁，石壁后面的山洞直通藏灵酒的石窟。可是，当石壁钻通后，保吉就后悔自己的鲁莽了，但奥丁立刻变成了一条蛇钻进了山洞。保吉无力阻止，又担心苏特顿会恼怒，悄悄回家了。

奥丁钻进石窟后，首先碰上了守护灵酒的庚莱特，他用甜言蜜语蒙骗了庚莱特，让她疯狂地爱上了自己。被爱情冲昏头脑的庚莱特同意奥丁离开时品尝三口灵酒。奥丁却趁机在每个罐子里都喝了一口。他这一口下去，简直要把罐中的灵酒都喝完了。奥丁把三罐灵酒都含在嘴里，立即离开尼特堡，然后变成了一只鹰，迅猛地向亚萨园方向飞去。苏特顿正在家中休息，无意中抬头看到一只鹰从尼特堡的山崖中飞出，顿时起了疑心。于是他也变成一只鹰，紧紧追了上去。因为嘴里含着三罐灵酒，奥丁飞动起来很不灵活。苏特顿又穷追不舍，形势十分危急。

奥丁好不容易偷到了灵酒，为什么不直接喝下去，反而含在嘴里呢？让我们接着往下读吧。

即将到达亚萨园时，苏特顿几乎追上了奥丁。亚萨园的众神看到空中两只鹰一前一后追逐着向这里冲，便知道奥丁已经成功盗取了灵酒，众神赶紧踏上亚萨园的围墙，在墙头上排上许多空酒罐子。当奥丁飞过围墙

时，他就把灵酒吐在了这些罐子里，但是由于时间太仓促，有些也洒在了外面。亚萨神们站在墙头为奥丁呐喊，苏特顿自知寡不敌众，愤怒地折回了。奥丁把灵酒分送给亚萨神、精灵和人类中的智者享用。喝了灵酒的神祇、精灵和智者成了吟唱诗人，写出了许多动人的诗篇。但是，洒到了罐子外面的灵酒是谁都可以喝的，喝了那种灵酒的人，只能成为假诗人，永远写不出真正打动人心的诗。

奥丁作为众神之主，他的这些做法你认同吗？并说说你的理由。

想一想：

1.奥丁在偷灵酒的过程中克服了哪些困难？给你留下了怎样的印象？

_____

_____

2.故事中出现的人物较多，对表现奥丁这个形象有什么作用呢？

_____

_____

火神洛基

（北欧）

火能为人类造福，也能给人带来祸患，火神洛基也是这样。他的行为经常善恶兼半，起初他的恶出于无意，但后来，洛基渐渐有意为之。他逐渐成为代表恶势力的神了。

洛基仪表堂堂，英俊而高贵。但是性情乖张，到处欺诈行骗，任意妄为。同时，他招摇撞骗的本领十分高强，花招百出，诡计多端。

力量之神托尔的妻子西芙女神美丽而善良，特别是她金色的长发，闪耀着比金子还要亮眼的光泽。西芙女神很爱惜自己的长发，经常坐在花园里梳理她的金发，这就引起了洛基恶作剧的念头。有一天，顽劣的洛基竟在西芙睡觉的时候，把她引以为傲的一头金发剪得一干

火能为人类造福，也能给人带来祸患。对人类来说，生活中很多事物都具有两面性。你能再举一个这样的例子吗？

20

二净。西芙女神醒来非常难过，不禁哭泣起来。正当西芙女神哭泣的时候，力量之神托尔回家了。托尔马上猜到这是一定是洛基惹的祸，飞也似的冲了出去，抓住了洛基，想要把他身上的贱骨头好好修理一顿。托尔把洛基死死抓在手里，洛基痛入骨髓，拼命求饶，并承诺托尔，一定请能够打造真头发的侏儒国的能工巧匠，去打造一副跟西芙原来头发一模一样的金色头发。

还有一次，众神想造一座坚固的城堡，以防巨人侵袭。就在他们讨论如何建造时，一个陌生的建筑师毛遂自荐，他信誓旦旦地表示能够建造固若金汤的城堡，但要求以太阳、月亮和美神芙蕾雅作为酬劳。众神被这狂妄自大的陌生人惹怒，但洛基劝大家同意陌生人的建议，但是提出了两个附加条件：一是必须在冬季之前完工；二是除了建筑师和他的马斯瓦迪尔法利外，不得有任何人和动物帮忙。

这两个条件极其苛刻，常人难以做到，但是陌生的建筑师爽快地答应了。建筑师晚上搬运石头，白天建造，工程进展顺利，很快就完成了一半。距离工期还有一天的时候，只剩下一个拱门了，如果按照正常进度，建筑师一定会按时完工的。眼看着太阳、月亮和美神芙蕾雅都要保不住了，众神又想起当时是洛基劝大家同意的，便埋怨起他来。如果洛基不赶紧想办法补救，恐怕难以平息众怒。

这时候，洛基又展现出狡猾的一面。他变成一匹漂亮的母马，跑到建筑师的马斯瓦迪尔法利搬运石头的森林里，斯瓦迪尔法利正在拖运一根建造拱门的大石柱，母马对着它搔首弄姿，发出诱惑的嘶鸣。斯瓦迪尔法利被母马诱惑，丢下石柱跟着母马嬉戏奔跑起来，无论建筑师怎么命令，斯瓦迪尔法利都充耳不闻，跟着母马跑到了森林深处，建筑师在后面追了一路也没有追上。

但是，这位建筑师并不是普通人，而是一个太古时代巨人的

洛基是一个出色的变形者和魔法师，他曾以不同的形态出现在各个故事里，除了母马还有鲑鱼、海豹、苍蝇和老妇人等。感兴趣的同学可以把它们找出来读一读，相信你们对洛基会有更加完整的认识。

1.你的生活里，是否也有一个像洛基一样的人？和小伙伴聊一聊。

2.许多神话故事中的人物形象往往比较单一，非恶即善，或者非善即恶。但是北欧神话里的众神常常如现实生活中的人物一样具有多面性，例如洛基的亦正亦邪，既狡猾又智慧，既有担当又极其顽劣。你们喜欢这样的火神洛基吗？

化身。他气急败坏地回到城堡，咒骂众神奸诈狡猾，使用诡计。他一怒之下，杀掉了很多神，幸亏托尔及时赶到，用雷锤将他打死，其余的神才得以获救。

想一想：

1.比较火神洛基两次恶作剧的异同，你如何评价他？

_____

_____

2.故事怎样具体描写洛基狡猾的一面？

_____

_____

问一问：

针对火神善恶兼半的特点，你会提出哪些问题或看法？

_____

_____

九色鹿的传说

（印度）

古时候，在一座景色秀丽的山中，有一只鹿，它的双角洁白如雪，浑身有九种鲜艳的毛色，漂亮极了，人们称它为九色鹿。

这天，九色鹿在河边散步。突然，一个人抱着根木头顺流而下，在汹涌的波浪中奋力挣扎，高喊："救命啊，救命!"美丽善良的九色鹿不顾自己的安危，跳进河中，费尽九牛二虎之力，终于将落水人救上岸来。惊魂未定的落水人名叫调达，得救后连连向九色鹿叩头，感激地说："谢谢您的救命之恩。我对天起誓，永做您的奴仆，为您寻草觅食，终身受您的驱使……"

九色鹿打断调达的话说："你的心意我领了，但我救你并不是让你来做我的奴仆。快回家与亲人团聚吧。你只要不向任何

冒着生命危险救人，又不要任何报答，这是一只怎样的鹿？你能用几个词来形容一下吗？

人泄露我的住处，就算是知恩图报了。"

调达又起誓说："恩人请放心，如果背信弃义，就让我浑身长疮，嘴里流脓!"说完，千恩万谢地走了。

后来有一天，国王妖媚动人的王妃梦到了有九种毛色、双角银白的九色鹿，她突发奇想：如果用此鹿的皮毛做件衣服穿上，自己定会显得更加漂亮!于是，她娇嗔地对国王诉说了自己的美梦，要国王立即捕捉九色鹿，不然，就死在他面前。

国王无奈，只好张贴皇榜，悬重赏捕鹿，有知九色鹿行踪或捕获者，赠国土一半，并用银碗装满金豆、金碗装满银豆作为奖赏。调达看了皇榜，心中暗喜：我当国王、发大财的机会到了。虽然我对九色鹿立过誓言，但它毕竟是个畜生，怕什么?于是，他揭了榜文，进宫告密，说自己知道九色鹿居住的地方。国王闻言大喜，调集了军队，由调达带路，浩浩荡荡地前来捕捉九色鹿。

山林之中，春光明媚。九色鹿在开满红花的草地上睡得正香。突然，好友乌鸦高声叫喊道："九色鹿，快醒一醒吧，国王的军队捉你来了!"九色鹿从梦中惊醒，起身一看，自己已处在刀枪箭斧的包围之中，无法脱身，再仔细一看，调达站在国王旁边，便明白了，心想：即使死也要把他的丑恶嘴脸公布于众。于是，九色鹿毫无惧色地走到国王面前，问："国王，您是怎么知道我的住处的？"

"是他告诉我的。"国王指着调达说。

"您知道吗？"九色鹿说，"这个人在河中快要淹死时，是我救了他，他发誓不暴露我的住处。谁知道他见利忘义，反复无常。圣明的陛下，您竟然同一个灵魂肮脏的小人来滥杀无辜，岂不辱没了您的英名？"

此时，调达无地自容，身上长满了烂疮，嘴里流出了脓血，臭不可闻，遭到了报应。明白了事实真相，国王非常惭愧，斥责调达背信弃义、恩将仇报，传令收兵回宫，并下令全国臣民不许伤害九色鹿。

王妃没有得到九色鹿的皮毛，又羞又恨，最后被活活气死了。

处在刀枪箭斧的包围之中，九色鹿说了这番话，你觉得这又是怎样的九色鹿？想象自己就是九色鹿，把它对国王说的话说一下。当然，你也可以根据自己的理解，重新组织语言来当一回九色鹿。

想一想：

你觉得九色鹿是一只怎样的鹿？国王最后放了九色鹿，说明什么？

辛格比捉弄老北风

（印第安）

很久以前，北方冰原生活着一个渔民部落。这里的夏天能捕到大量的鱼，而冬天则是煎熬困苦的日子。因为统治者北风卡比昂欧卡脾气暴躁。

你更喜欢北风卡比昂欧卡还是南风沙文达斯？说一说，他们的到来分别给世界带来了什么样的变化。

冰原绵延千万里，但卡比昂欧卡并不满足。他希望整个世界都被冰雪覆盖。所幸，他能力有限，世界并未如他所愿。虽然他健硕无比，但依然不是南风沙文达斯的对手。南风住在没有冬季的向日葵原野，他让瓜果成熟，葡萄变紫，玉米饱满。在夏天比较短暂的北方，沙文达斯会坐在山顶，惬意地边做梦边抽烟。

趁着夏季，北方的渔民们勤苦工作、撒网捞鱼，因为他们知道一旦南风睡着，北风就会席卷而来。

一天早晨，他们发现帐篷顶上有厚厚的霜，湖面上也结了薄冰。这是个警告。

冰越来越厚，大雪紧随而来。原野上郊狼怒号声不断。

"卡比昂欧卡来啦！"渔民们大喊道，"快跑！"

但是潜水高手辛格比只是笑笑。

"我才不怕老卡比昂欧卡呢！"他对同伴们说，"即便湖面结冰了，在冰上打个洞，通过冰窟窿也可以钓鱼啊。"

渔民们惊讶地望着他。的确，辛格比会魔法，他们见过辛格比把自己变成鸭子潜入水底，所以才叫他"潜水高手"。

"你还是赶快跟我们走吧，"渔民们劝他，"卡比昂欧卡非常强大，你战胜不了他。"

但辛格比只是大笑。

"白天，我有海狸借我的大衣、麝鼠借我的手套保护。"他说，"晚上，在小屋里我有木柴可以生火，看卡比昂欧卡敢不敢靠近。"

渔民们很担心以后会再也见不到他。

渔民们走后，辛格比按照自己的想法继续劳作。他在屋子里储存了大量的干柴，保证晚上有足够旺盛的火。白天，他从冰窟窿里钓鱼，每天他都能收获满满。傍晚回家的路上，他拖着一大串鱼，边走边唱。

卡比昂欧卡顺着歌声，找到了辛格比。

"呼，呼！"北风呼吼着。"如今，所有生物都已逃到南方，这两腿生物是什么东西？胆敢逗留在这里。今晚，我会吹熄他的火，让灰尘四处飞扬。呼，呼！"

夜晚，辛格比坐在屋里的火堆旁烤鱼。酥软美味的烤鱼和热烘烘的火焰让辛格比感到惬意。

"他们觉得卡比昂欧卡无比强大，"他自言自语，"但我觉得他就是个普通人，虽然我比他怕冷，但他比我怕热。哈哈……"

这个想法让他很开心，所以他大笑着唱起歌来。

他心情太好以至于没发现屋子外面的喧嚣。鹅毛大雪被北风卷起，像面粉一样埋没了小屋。但厚厚的雪反而让屋子变得更暖了。没过多久，卡比昂欧卡就发现自

己弄巧成拙，他生气地对着小屋的烟囱大吼，声音狂野可怕。但辛格比依旧大笑。他正盼着安静的小屋有点声响呢。

"呼，呼！"他对着北风大喊。"你好啊，卡比昂欧卡。吹气的时候要注意，别把腮帮子吹破了。"

小屋被大风吹得摇晃起来，水牛皮门帘啪啪作响。

"进来啊，卡比昂欧卡！"辛格比开心地招呼，"外面很冷吧，进来暖和暖和。"

卡比昂欧卡用力撞断系门帘的绳子，冲进了小屋，温暖的小屋里形成了一层浓雾。

辛格比唱着歌又往火堆里扔了一根粗大的松木，火焰冲出的热浪使卡比昂欧卡退后了几步。辛格比看到汗水从卡比昂欧卡的额头哗哗地流下，他头发上的白雪与冰凌开始融化，他的鼻子和耳朵变得越来越小，身体开始变矮。如果他在这里再多待一会儿，这个冰原之王就会化为一摊水。

北风就像进来的时候一样，迅速地从门口逃了

俗话说，不打无准备之仗。说一说，辛格比为了战胜北风，经过了哪些准备和努力？

在日常生活中，我们也常会遇到困难，你会选择像渔民们一样逃避，还是像辛格比一样迎难而上呢？

出去。

一到了外面，寒冷的空气使北风又恢复了活力，他变得更加愤怒。他气急败坏地通过烟囱朝屋里大吼："出来，我们摔跤，比试比试谁厉害！"

辛格比认真想了一下："火已经削弱了他的力量，我身体也暖了，我觉得我能战胜他。"

他跑出小屋，卡比昂欧卡走到他跟前，一场摔跤大战开始了。

他们比了一整夜，辛格比因为一直在运动，所以身体很暖和，他能感觉到北风的力量越来越弱。

太阳从东方升起，卡比昂欧卡认输了，大战结束了。北风哀号着向北一路狂奔，耳边一直萦绕着辛格比的笑声。

只要人们快乐勇敢，就算是北风都能够战胜。

想一想：

故事开头为什么要写渔民们对北风的害怕？

作者想通过这个故事告诉我们什么呢？答案就在故事里，你能找到吗？对，"只要人们快乐勇敢，就算是北风都能够战胜。"的确是这样，只要快乐勇敢，我们能战胜很多困难。你能举一个这样的例子吗？

三个商人买三条猫腿

（印度）

一个村镇里，有这么三个商人，一个叫白胡子，一个叫没胡子，还有一个叫秃头。他们仨合伙做买卖。他们有座仓库，里面装着地毯、披肩、绸缎、男女时装和其他一应物品。世上的商人都害怕盗贼，所以他们三个人雇了一个名叫阿里的穷人给他们看守仓库。

没想到，搅得商人们不得安生的不是小偷，而是老鼠。

仓库里老鼠成灾，把许多货物都咬坏了。

商人们吩咐阿里快去买一只猫来。

阿里说："我家有一只猫，很能捉老鼠，可以卖给你们。"

商人们问："你想要多少钱？"

阿里说："很便宜，每条腿要一个银币。"

这时，最吝啬、最狡猾的白胡子商人问："你的猫是四条腿吧？"

阿里回答："当然是四条腿。"

"那我们只买三条腿。顶用的猫有三条腿就能捉到老鼠。现在给你三个银币，我们买下三条猫腿，你把猫拿来吧！"

阿里问道："那第四条腿是属于我的，对吗？"

贪财的商人们说："是的。"

于是，阿里把猫放进了仓库。

谁能料到，第一天就发生了倒霉的事：猫在捕捉老鼠的时候从货架上跌下来，把一条腿摔坏了。

商人们听说之后，异口同声地说："快去找兽医看看！"

阿里说："我将立即按你们的吩咐办。不过，尊敬的先生们，我想知道，你们谁给我钱去付医疗费？"

白胡子商人抢先声明："我不付钱。我买的是左后腿，猫摔坏的是右前腿。"

没胡子商人说："我付钱买的可是右后腿。"

秃头商人说："我买的是左前腿。"

读到这里，你已经感觉到商人的吝啬和狡猾了吧？你能用简洁的话来说说他们吝啬和狡猾在哪里吗？

33

白胡子商人说："属于阿里的那条猫腿摔坏了，医疗费应由阿里负担。"

阿里并没有争辩，他把猫装进口袋，进城去了。在城里，兽医给猫整了骨，把摔坏的腿包扎了起来。医生对阿里说："一周后才能好。现在它只能用三条腿跳来跳去了。"

阿里把卖猫得来的三个银币付给医生当了诊费，然后带着猫回来了。夜里，他又把猫放进了仓库。

这一夜，老鼠可太多了。它们听说小猫摔断了腿，就闹腾得更加厉害了。可怜的猫儿为了捉老鼠，不得不用三条腿跳来跳去，好不辛苦！有一回，它在追捕一只最调皮的老鼠时，尾巴把油灯打翻在地上。这样，就引起了一场大火，仓库全被烧掉了，货物变成了一堆灰烬。

商人们遭到这样惨重的损失，心里恼火极了，气得嗷嗷直叫。稍微冷静下来之后，他们说："全怪这只该死的猫，而这只猫又是属于四个人的，阿里该承担损失的四分之一。"

阿里说："我的全部财产就是一身破衣裳。可敬的先生们，你们从我身上是榨不出什么油水来的！"

白胡子商人说："我们的货物一共值一千卢比。如果你拿不出二百五十卢比，法官就会判处你做我们的奴隶，你将终生为我们白白干活。"

商人们拽住阿里的衣袖，把他扭送到法官面前。

白胡子商人手里抱着小猫，猫的一条腿上还扎着绷带。

白胡子商人对法官说："公正的法官先生，这只猫捉老鼠时用尾巴把油灯打翻了，引起了一场火灾，我们的货物全被烧光了。英明的法官，您说，难道猫的主人不应该平均分担这场火灾的损失吗？"

"应当。"法官说。

于是三个商人一起扑向阿里："你听见尊敬的法官说什么了吗？快给我们二百五十卢比，不然我们就让你当奴隶累死。"

这个时候，法官提了一个问题："为什么猫有一条腿被包扎起来了？"

商人们齐声回答："猫捉老鼠时摔伤了一条腿，医生给它包扎起来了。"

法官问白胡子商人："告诉我，为了医治猫腿，你付了多少钱？"

"法官先生，猫摔伤的那条腿，不是属于我的。"

"那么，请秃头商人告诉我，你付了多少钱？"

"善良的法官，我买的那条猫腿没有摔坏，我为什么平白无故地付钱呢？"

"那么一定是没胡子商人付的治疗费了？"

没胡子商人也连连摇头说："不，猫摔伤的那条腿是属于阿里的，所以阿里付了这笔钱。"

法官问："就是说，猫儿受伤的那条腿是阿里的？"

商人们又一次异口同声地说："是的，是属于他的。"

"另外三条腿分别属于你们三个人？"

"是的，一点儿不错。"三人齐声答道。

这时，法官想了想又问："就是说，猫儿是用三条没受伤的腿跑的时候撞倒了油灯？"

三个商人连声说："是的，是这样。"

法官这才判定说："看守仓库的阿里一个卢比也不应当付给你们。猫之所以撞翻油灯造成火灾，是因为它在捉老鼠。当时，猫是用属于你们三个人的三条腿在捉老鼠，第四条腿受伤被包扎

"公正的法官""尊敬的法官""善良的法官"，这是三个商人对法官的称呼，他们这样称呼法官是发自内心的吗？有什么用意？故事发展到这里，我感觉阿里好像要吃亏了。

住了，并未参与捉老鼠。请你们走开吧，不要再打搅我了。"

听了这样的判决，白胡子商人气得把猫使劲扔到地上，把白胡须扯掉了好几根，气急败坏地走出了法庭。秃头商人和没胡子商人也跟着白胡子商人跌跌撞撞地走了出去。

阿里对法官的公正判决非常满意，于是他抱着自己的猫儿回到自己的小草房去了。

哈哈，太好了！法官判决阿里不用出一分钱，而三个商人竟然无法辩驳，只能气急败坏、跌跌撞撞地走出法庭。读到这里，你心里是不是很舒爽？公正的法官这样判决的理由是什么，你有没有看明白？

想一想：

1.读完故事，你觉得法官是一个怎样的人？

_____

_____

2.这个故事里，哪些内容说明三个商人是狡猾和贪婪的？

_____

_____

问一问：

针对法官判案的过程，你会提出什么问题？

_____

三个和一个

（印度尼西亚）

从前，苏门答腊岛上有个贫穷的农夫。在他那一块小小的土地上，长着一棵独一无二的香蕉树。

这天，三个行人——和尚、医生和高利贷者，路过农夫的茅屋。高利贷者一眼看到了这棵香蕉树，便跟两个同路人说："我们有三个人，而农夫只有一个人，他怎么能拦住我们津津有味地吃他的香蕉呢？"

于是，这批不老实的坏蛋，就满不在乎地当着农夫的面，吃起他的香蕉来了。

"你们是在干什么呀，尊敬的先生们！"农夫绝望地叫道，"这是我的香蕉呀！"

"嘿，是你的，你有什么证据呀？"和尚厚颜无耻地问道。

"这香蕉很合我们的胃口，因此我们就吃啦！"医生补充道。

"别烦我们，要不，就叫你没有好下场！"高利贷者威胁道。

"他们有三个人，而我只有一个。"农夫想了想，"论力气，我不是他们的对手，但总不能眼巴巴地看着他们在我这里无法无天呀。"

面对三个无法无天的坏蛋，单枪匹马的农夫该怎么对付他们呢？看来，只能智斗。对了，你有什么好计谋？先想一下，再读故事，会很有意思。

于是，他就对这群不速之客说道："能在家里见到佛爷和名扬四海的医生，我感到非常荣幸。但是，使我震惊的是，像高利贷者这样卑鄙的家伙竟跟你们在一起！看，他是多么贪心呀，你们只摘一根香蕉，他就摘了五根，而且都是些熟透了的呢！"

这时，和尚气愤地喝道："你这个撑不死的高利贷者！对你佛爷太不恭敬啦！快给我滚，要不，我们就教训你！"

"他们有三个人，而我只有一个。"高利贷者想了一想，就胆怯地溜掉了。

和尚和医生还在摘香蕉。

这时，农夫对医生说："别生气，可敬的先生，我觉得您的医术是无法治好人的。"

"我的医术？你这个不学无术的人，懂得什么呀？

40

我使多少人恢复了健康啊！"

"我看是佛使他们恢复健康的。"

"哪里是佛？是我替他们治好的，不是佛！"

"你说什么？你这亵渎神明的家伙！"和尚发起火来，"你胆敢怀疑佛的威力！"

怎么样，农夫说了几句话，就让和尚气愤不已，然后和尚就把高利贷者赶走了。那么，农夫的话中有几种意思，竟然起到这样的作用。你能读懂了吗？有不懂的可以问问爸爸妈妈，譬如什么叫"高利贷者"。

"虔诚的佛爷啊，他冒犯神明！"农夫跟着和尚大声叫了起来，"跟这样亵渎神明的人在一起，真是天大的罪过呀！"

"马上给我滚开！"和尚喝道。

"他们有两个人，而我只有一个。"医生想了一想，慌忙丢下香蕉逃掉了。

当留下农夫与和尚一对一的时候，农夫问和尚："啊！你研究过许多佛经，你说说看，难道佛经不禁止人们侵犯别人的财产吗？"

"不，佛经是禁止的。"和尚肯定地说。

"那你怎么吃别人的香蕉呢？"

和尚正考虑怎样回答时，农夫拿起了一根非常沉重的棍子，给和尚指了指路，说道："走你的路吧，虔诚的佛爷。从今以后，你休想再靠近我的香蕉树了！"

和尚向农夫手中那根非常沉重的棍子鞠了一个躬，就急匆匆地逃走了。

机智的农夫就这样赶走了这群不速之客。

农夫就这样一次又一次把坏蛋赶跑了。由此可见，说话是一种艺术，有时还是武器，关键的时候还能让自己从困境中解脱出来。当然，农夫这样做，是因为他们三个人有错在先，而且态度恶劣。农夫用智慧保护了自己的财产。

想一想：

1.试着从和尚、医生、高利贷者中任选一个角色，联系具体的情节，分析农夫的智慧。

_____

_____

2.故事叙写农夫一人击败三人，分别采用了怎样的方法？请简要概括并比较异同。

_____

_____

问一问：

对于故事中人物的身份，你会提出什么问题？

_____

智慧胜过黄金

（巴基斯坦）

有一天，商人和铁皮匠争论：财富和智慧，哪个更重要。

商人说，"如果穷得像田里的老鼠，智慧有什么用？"

"可是黄金也帮助不了傻瓜！"铁皮匠回答说。

"哼，你吹牛。"商人说："黄金能够把一个人从任何灾难中救出来。"

铁皮匠不同意，说："没有智慧，黄金就一钱不值；有智慧，没有黄金，也能帮助人。"

"胡说！"商人生气了，"这是根本不可能的。如果你的智慧比我的黄金强，我送你一千卢比；如果我的黄金比你的智慧强，你做我的奴隶。你答应吗？"

"我同意。"铁皮匠回答。

"那么，我们去找国王，把我们的争论告诉他，我们双方都不能反悔。"

接着，他们见到了国王，向国王诉说了他们争论的情况。这个国王既残酷，又凶恶，他没有一天不杀人。这一天，他已经杀了三个无辜的人。这时，国王看到商人和铁皮匠，想叫刽子手来把他们也杀了。但他想起了父亲的遗训："一天杀人不得超过三个，否则没有人为你猎取大象，放牧你的马群，给你种棉花和水稻。"

国王不敢违背父亲的遗训，但他又想出了这样一条奸计，他交给商人一封用棕榈叶写的信，上面加了三道封漆，说："你同铁皮匠到邻国去，把这封信转交给邻国的国王。你们回来时，我会赏赐你们。"

商人和铁皮匠到邻国去了，他们把信交给了邻国的国王后，就等待着国王说些什么。国王去掉封漆，拿出棕榈叶信，高声读了起来："我的强大邻居！你要过好日子的话，就把这两个人杀掉！"

商人一听到信中写的内容，吓得马上跪在国王面前，哀求说："国王饶命！我把黄金都给你，只要让我活命！"

国王微笑了一下，说："我自己的黄金已够多了。卫兵！把这两人关押起来。一小时后，叫刽子手砍掉这两个外国人的头！"

卫兵们围住了商人和铁皮匠，牢牢监视着他们两人。商人哀求说："放我走吧，我一定重重谢你们，每人给一千卢比！"

"我们把你放了，国王就要杀我们的头。"卫队长叹了一口气说，"没有头，黄金也不能增添快乐。"

还没过一小时，刽子手来了，后面是国王和宫廷官员，刽子手刚拿起刀，铁皮匠就哈哈大笑起来。

"你笑什么，没理智的人！"国王感到十分奇怪。

"国王，我告诉你我笑的原因：五天之前，在我们国王的王宫里出现了一个伟大的预言者，这个预言者看到我们，就对我们国王说：'只要在你的国家里还有这个铁皮匠和这个商人，你的国家就要遭到可怕的灾难！例如，鼠疫、干旱、暴雨、饥饿。除掉这两个人吧，但你要记住，如果由你把他们杀死，你的国家里的各种灾难就会一齐发生。所以，你要想办法让别的国王杀死他们。这样，一切灾难就会降临到别的国家。'"

国王听了这个故事，勃然大怒，狂叫道："这么说，你们的国王是想要毁灭我的国家！你们回去吧，告诉这个不仁不义的家伙，六天后我的勇士们要踩毁他的土地，我要把他俘虏来，叫他在这里种田！"

读到这里，你是不是要为铁皮匠的智慧喝彩？他的那番话多么机智巧妙，从而顺利解除了危险。那你知道他说那些话之前，为什么先要哈哈大笑吗？

铁皮匠和商人向国王行了礼，急急忙忙回去了。在路上，铁皮匠对商人说："现在你明白智慧比黄金强了吧？要不是我，你现在头也没有了！快给我一千卢比！"

"我们先回家再说，"商人回答，"到了家里后再看情况。"

商人舍不得一千卢比，他决心要谋害铁皮匠。

三天后，他们就来到了本国国王面前，说："邻国国王向您宣战，六天后他的军队要踏平我们的庄稼！"

国王听了，吓坏了，问："那个国王怎么对我生气的？"

这时商人抢着说："这都是由于铁皮匠不好，那个国王才对您发火的。"

于是商人把一切经过都告诉了国王。国王听了，从王座上跳起来，叫道："我要砍掉你们两个人的头！来人，快叫刽子手来！"

刽子手来了，商人跪在刽子手面前哀求："先生，饶了我吧！我给你一头大象、一袋黄金。"

国王听到后，叫道："你们两人叫敌人的军队来进攻我国，我非杀了你们不可！"

刽子手刚要挥刀，铁皮匠就哈哈大笑起来，笑得眼泪不断地流出来。刽子手感到奇怪，放下了刀，看着国王。

"没头脑的人，你笑什么？"国王问。

"我笑，是因为你要处死我，而你却不知道，只有我一个人才能迫使敌人的军队退回去。你杀了我，你自己必定要遭受灾难，所以我笑了……"

"我倒要看看你的话对不对！"国王说，"你听着，如果你不能使敌人的军队溃逃，我就要下令把你活活烧死。"

"你给我一匹马，敌人就不敢攻打你的国土。"

"给他一匹马！"国王下令说。

铁皮匠骑上马，迎着敌人的军队驰去。在国境线上，他看到了邻国的军队，怒气冲冲的邻国国王骑着马冲在最前面。铁皮匠骑着马走到邻国国王面前，挡住了他的路，说："您先杀死我，然后踏坏我国田里的庄稼吧！要知道，只要我活着，士兵就没有一个能跨过边界线！"

邻国国王想：如果我杀死他，那么可怕的预言就会实现，鼠疫、饥饿、旱灾就会降临到我的土地上！

"不能杀！"国王叫道，"让你的国王把你杀死吧，我不是你的敌人！"

于是邻国国王命令军队撤走了。

铁皮匠回来见本国国王，说："我已实现了自己的诺言，现在没有人威胁我们的国家了。"

国王非常满意，下令给铁皮匠一千卢比。铁皮匠把钱放进袋里，转身对商人说："现在你把输了的钱给我吧！"

商人不得不付了一千卢比。铁皮匠背上钱袋，临别时对商人说："要记住，黄金帮不了傻瓜，聪明的人没有黄金也能驱除灾难！"

- -

想一想：

1.国王为什么要让邻国的国王杀死铁皮匠和商人，这叫什么计谋？

_____

2.故事中，铁皮匠的智慧表现在哪些方面？分别是怎样写的？

_____

时间的故事

（埃及）

从前，在非洲有一个富人，名叫时间。他拥有无数的家禽和牲口，他的土地无边无际，他的田里什么都种，他的大箱子里塞满了各种宝物，他的谷仓里堆满了粮食。

这个富人拥有这么多的财产，连国外的人也知道了。于是，各国商人远道而来，随同的还有舞蹈家、歌手、演员。各国派遣使者来，只是为了要看一看这位富人，回国后就可以对百姓说，这个富人是什么样的、怎么生活的。

富人把牛、羊、衣服送给穷人，于是人们说世界上没有人比他更慷慨了，还说，没有看见过富人时间的人就等于没有活过。

一年又一年过去，富人时间老了，生活不幸福了，财产日益少了，牲口也越来越少了，土地贫瘠了，谷仓空了。他的身体一年比一年瘦弱了，时间最后成了一个可怜的乞丐。

但不是所有人都知道富人的不幸，所以，有一天某部落仍派出使者来向富人时间问好。部落的人对使者说："你们到富人时间的国家去，要想办法见到他。你回来时，告诉我们，他是否像传说中的那么富有、那么慷慨。"

使者们就出发了。他们走了好多天，才到达了富人居住的国家。在城郊，他们遇到了一个瘦瘦的、衣衫褴褛的老头。

使者们问："这里有没有一个叫时间的富人？如果有，请告诉我们他住在哪里。"

老人忧郁地回答："有的。时间就住在这里，你进城去，人们会告诉你的。"

使者们进了城，向市民们问了好，说："我们来看时间。他的声名也传到了我们部落，我们很想看看这位神奇的人，准备回去后告诉同胞。"

正当使者们说这话的时候，一个老乞丐慢慢地走到

这个慷慨的富人时间曾经拥有很多财产，土地、宝物、粮仓。但是一年一年过去，富翁老了，财产少了，身体瘦弱了，变成乞丐了。这里有一种强烈的对比。此时，你是否有一点儿疑惑，这位富人为什么叫"时间"呢？反正，我觉得他的名字很有用意。

他们面前。

这时有人说："他就是时间！他就是你们要找的那个人！"

使者们看了看又瘦又老、衣衫褴褛的老乞丐，简直不敢相信自己的眼睛。

他们问："难道这个人就是传说中的那个富人时间吗？"

亲爱的同学们，老头的回答直截了当："我就是时间"。读到这里，你是不是有了一些想法？接着往下读，就会更加明白了。

当老乞丐走到他们面前时，使者们问道："请告诉我们，你真的是那个远近闻名的富翁时间？"

老乞丐回答说："是啊，我就是时间。"

"这怎么可能呢？在我们国家里，只听说你有数不清的财产，而且非常慷慨，所以，国王派我们来看看你如何生活。时间，你告诉我，我们回去该怎么说？"

"是的，我就是时间。我现在变成不幸的人了。"老乞丐说，"过去我是最富的人，现在是世界上最穷的人。"

使者们点点头说："是啊，生活常常这样，但我们怎么对同胞说呢？"

老乞丐想了想，答道："你们回到家里，见到同胞，对他们说：'记住！时间已不是过去那个样子了！'"

"记住，时间已不是过去那个样子了！"表面上是说这个叫"时间"的富翁不是原来的样子了。但细细一想，你会明白，实际上是在说，每个人都曾经拥有大把的时间，但一年又一年，时间慢慢流逝，最后老了，也就没有时间了。

　　是啊，时间最宝贵，也最公平，不论富人、穷人、男人、女人、老人、小孩，他们所拥有的一天都是二十四小时。

　　光阴似箭，日月如梭。人生没有回头路，我们无法回去寻找曾经浪费的光阴，哪怕只是一秒钟。所以，我们要珍惜时间，把握现在。

想一想：

　　1.时间从最富有、最慷慨的人变为最贫穷的人，说明了什么？

_____

_____

　　2.时间变成老乞丐后，为什么要具体描写外国使者和时间的对话？

_____

_____

问一问：

　　对于"时间"前后的变化，联系自己的生活经验，你会提出什么问题？

_____

_____

勇士海森

（埃及）

从前有一个女人，生了一个儿子，取名海森。海森力大过人，非常勇敢，人们给他起了个绰号，叫勇士海森。

海森为自己的绰号而自豪。每天早上醒来，他都要活动活动肌肉，然后挺起胸膛，走到母亲面前问道："妈妈，我是最勇敢的勇士吗？"母亲总是骄傲地回答："你当然是最勇敢的，我的儿子。"

有个邻居老太婆，没有孩子，非常嫉妒海森的母亲。一天，她对海森的母亲说："如果明天你的儿子再问你，他是不是最勇敢的勇士，你就说：'夏娃的后代多如牛毛，世界是广大的，我的儿子。'如果你不这样对他说，他就会被骄傲冲昏头脑的。"

海森的母亲听了邻居的话，当海森第二天早晨又向她提出问题时，她便回答："夏娃的后代多如牛毛，世界是广大的，我的儿子。"

"怎么？妈妈，你不相信我是最勇敢的勇士？"海森说，"好吧！我要出去周游世界。如果我发现了比我还要勇敢的人，我就永远不再回来了。"

母亲竭力劝阻海森，让他不要出去，可海森的决心是不可动摇的。他带上剑，装了满满一背囊粮食，告别了母亲，骑着马走了。他决心要看看世界上到底有没有比他更勇敢的人。

走呀，走呀，一天，他来到了一个荒凉的地方，发现前面不远处有两个人，一个骑着一头狮子，另一个骑着一只老虎。

"吁！——"海森勒住了马缰，心想：他们两个人，一人骑狮子，一人骑老虎；我呢，骑的却是一匹马。看来，这两个人确实比我勇敢。

海森想了想，决定和他们认识一下，以便更多地了解他们。于是，他来到那两个人面前，翻身下马，向他们施礼。那两个人回了礼，也分别从狮子和老虎身上跳了下来，欢迎海森，邀请他和他们一起休息一会，等炎热的中午过去再继续赶路。海森接受了邀请，就同他们一起坐在枣

哎呀，这两人居然骑着狮子和老虎，好神奇，看起来很厉害的样子！那么，这两个人真的比海森勇敢吗？

54

椰树下乘凉谈天。

太阳下山了，海森想，是动身的时候了，就问两个同伴要到什么地方去。那两个人说他们还想在这里住几天，轮流出去打猎和烤面包。他们问海森是否愿意和他们一起住几天。海森正想和他们较量一下力气和胆量，就欣然同意了。

第二天，轮到海森出去打猎，骑老虎的人捡柴，骑狮子的人留下来烤面包。

晚上，海森打猎回来不久，骑老虎的人也捡柴回来了，可是骑狮子的人却没有为他们准备好烤熟的面包。

"噢！"骑狮子的人说，"我把面包烤得又热又香，等你们回来吃，可是来了一个饥饿的老头，他向我要面包吃。"

"你做得很对！人嘛，应该互相帮助。"海森高兴地说。那个骑老虎的人却什么都没说。

过了一天，轮到海森捡柴，骑狮子的人打猎，骑老虎的人留下烤面包。

和头一天一样，当海森和骑狮子的人回来时，骑老虎的人也没有把面包烤好。

"这回面包又到哪儿去啦？"海森问。

"噢！"骑老虎的人回答，"我把面包烤得又热又香，可是来了一个饥饿的老头，他向我要面包吃。"

"你做得很对！人嘛，应该互相帮助。"海森仍然这样说。可那个骑狮子的人却一言不发。

第三天，轮到海森烤面包，那两个人出去打猎、拾柴。海森计算好了时间，开始做面包。他把面揉得不软不硬，做成面包条，放在噼啪作响的柴火上烤。

不一会儿，荒野上就满是面包的香味。海森闻到面包的香味，直流口水。"这面包闻着真香，吃起来一定更香。"他一边从火上把烤好的面包拿下来，一边想：这回呀，那个饥饿的老头连一点儿面包屑也休想得到。

其实，根本没有什么饥饿的老头，只有一个黑色巨人。他从地下的大黑洞里爬出来，要海森把所有的面包都交给他。

海森打量了一下这个巨人说："这么说，你就是那个每天都来抢面包的饥饿的老头？"

"是的，"巨人说，"你放聪明点，赶快像你的那

听到同伴说面包给了饥饿的老头，海森很高兴，展现了他善良敦厚的一面。咦？为什么骑老虎的人和骑狮子的人都一言不发呢？你不感到奇怪吗？

两个同伴一样乖乖地把面包交给我。要不然的话，你可是自找麻烦。"

"我喜欢麻烦！"海森高声叫道，"我决不把面包给你！"

"那我只好把你杀死！"巨人说着，就伸出可怕的大手来抓海森。

海森迅速地拔出剑，在巨人还没有碰到他的时候，他就一剑割下了巨人的头。

"哈哈！"巨人肩膀上马上又长出了第二个头，他嘲弄地大笑道，"你没想到吧，我还有第二个头。"

"你也不知道我还有第二把剑！"海森麻利地拔出第二把剑，割下了巨人的第二个头。

"哈哈！"巨人的肩膀上又长出第三个头，他又大笑道，"我还有第三个头。"

"你看，我也有第三把剑。"海森拔出第三把剑，割下了巨人的第三个头。

就这样，海森一连割下了巨人的六个头。最后，他割下了第七个头，巨人就像一块沉重的大石头，倒在地上死了。

海森仔细地检查无头尸体，发现巨人的左腿上有一块凸出的东西。他用剑在上边划开一个口子，露出一个透明的小盒，里面有七只绿色小鸟。他把小盒取出，放在自己的口袋里。

不久，打猎、捡柴的两个人回来了，他们向海森要面包吃。

海森拿出了烤好的面包，那两人都羞愧地低下了头，一声不吭。海森指着巨人的无头尸体，冷冷地

说："每天来向你们要面包吃的那个饥饿的老头已被我杀了，尸体就在这里。"

那两个人低着头，无言以对。海森接着说："我们到巨人居住的那个世界去看看好吗？我走在前面，抵挡危险。"

那两个人为了掩饰他们的怯懦，就一起叫了起来："不！不！我们要走在前边抵挡危险。"

"好吧，那我们就轮流走在前边吧。"海森说。他把一条绳子系在骑狮人的腰上，然后把他慢慢地吊进黑洞去，可刚刚放到一半，他就大叫起来："火！火！快点把我拉上来！"

海森把他拽上来，解下他腰上的绳子，系在骑虎人

的腰上，然后把他吊进洞去，可是刚放到一半，他也大声喊起来："火！火！快把我拽上来！"

那两人说要走在前边抵挡危险，但当真的有危险的时候，他们无一例外地选择了退缩。唉，真是语言的巨人，行动的矮子。而勇士海森，又会怎么做呢？

海森又把他拽了上来。这回该轮到海森下洞去了，他的两个同伴将绳子系在他的腰上，放他下洞。刚下到一半，他也感到有火在燃烧，可是他却大声说："继续放！继续放！快点！快点！"他终于到达了洞底，发现洞里有一座宫殿，洞里面的泉水不停地喷涌，空气凉爽舒适。

海森在洞中穿来走去，被这里的景色迷住了，他很想知道谁是这个宫殿的主人。

突然，海森听见什么地方有人低声哭泣。他顺着声音找去，在一个小屋里，发现了一个年轻美丽的姑娘被捆在床上，动弹不得。

海森走到床边问："你是人，还是鬼？"

"我是人。"姑娘回答，"一个大黑怪把我抢来，硬逼着我嫁给他，我拒绝了，他就天天打我，把我捆在这里，怕我逃跑。"

海森替姑娘松开绳子，告诉她那个黑怪已经被杀死了，再也不会来欺负她了，还说要把姑娘送回地面去。

姑娘听了非常高兴，她很感激海森，于是就把黑怪的秘密宝藏告诉了海森。姑娘帮助海森把金子和宝石装进了许多口袋里，海森用绳子把口袋捆好，然后发信号给上面的人，让他们往上拉。运完宝石和金子，海森又将绳子系在姑娘身上，姑娘也被安全地拉了上去。最后，该轮到海森了。可是，那两个人看到这许多金子和宝石，还有一位美丽的姑娘，就起了坏心，把海森拉到一半就松了手。海森一下子掉了下去。

由于往下掉的冲力很大，海森砸穿了一层地面，来到了更下面一层的世界中。他看到那里的人都在不停地哭泣。海森问他们发生了什么事情。

这两个怯懦的人居然还那么贪婪，妄想害死海森，真是可恶！海森有没有事呢？

人们告诉他，这里有一个海神，他每年都要娶一个漂亮的姑娘做新娘。现在，轮到国王的女儿了，她必须嫁给那个海神。

海森让他们带他去见国王的女儿。他发现国王的女儿正一个人坐在海边呜咽，等着海神来娶她。

海森坐在她旁边安慰她。姑娘感谢海森的好意，劝海森马上离开，否则海神会把他杀死的。海森只是大笑，他把头枕在姑娘腿上，告诉她，如果海神出现，就赶快叫醒他。说完，他就睡着了。

过了一会儿，姑娘看到海神从海里出现了，便害怕地哭了起来。泪珠落在海森脸上，海森一下子醒了过来。"你快逃命吧！"姑娘哭着说，"否则，海神会杀死你的。"可海森却勇敢地站起来，拔出剑来。

"海森，你快给我滚开，把新娘留下！"海神威胁道。

海森并不答话，他举起剑猛地向海神头上劈去，海神却一动也不动。

"你在白费力气，海森。"海神嘲笑说，"我不会像凡人那样死掉，我的生命并不在我身体内。"

"这么说，我的命运都捏在你的手心里，我是必定要死的了！你能告诉我，你的生命藏在什么地方吗？我马上就要死了，永远不会泄露秘密的。"

"我的生命藏在七只活着的绿色小鸟中，这些小鸟被关在黑色巨人左腿上的透明小盒里，而这个巨人生活在上面一层的世界中。海森，你的死期到了！"海神狂妄地说。

海森听了海神的话，想起他从黑色巨人的左腿上取下的那个透明小盒中的七只绿色小鸟。于是，海森请求海神给他一点儿时间，他好把自己的灵魂还给上帝。海森转过身来，偷偷地拿出那个小盒，打开后一下子用手掐住了那七只小鸟的脖子。只听海神一声怪叫，掉进海里死了。

那些躲在远处观察的人们涌上前来，他们高兴得又喊又叫，都夸海森真勇敢。他们把海森举起来，送到了国王那里。国王非常感谢海森救了他的女儿，答应把女儿许配给海森，并把财富分给他一半，海森都谢绝了。

"我只有一个要求，"海森对国王说，"请你帮助我，把我送回上面的世界去。我是属于上面那个世界的。"

"我会这样做的。"国王说。他立即召集了全国最有能力的术士和魔术师，命令他们设法满足海森的要求。

术士和魔术师们在那里坐了整整一夜，不停地念着咒语。天亮时，他们让海森坐在一只魔鹰的翅膀上。这只鹰飞过七层世界，最后终于把海森送到了最上面的世界。

海森上来后，找到了那两个骑狮子和骑老虎的人，他们正为谁能独占那个姑娘和全部财宝而互不相让，争吵不休。海森杀死了这两个家伙，带着姑娘和财宝回到了母亲那里，并把全部经过告诉了母亲。

第二天清晨醒来后，海森活动了一下肌肉，挺起他的胸膛，走到母亲面前问："我是最勇敢的勇士吗？"

这一回，母亲毫不犹豫地回答："你确实是最勇敢的，我的儿子。"

同学们，这个故事曲折离奇，读完之后我们不禁在心里为海森鼓掌。海森是铮铮铁汉，面对险恶，他毫不退缩；面对国王的财富，他毅然谢绝。

反观那两个骑着狮子和老虎的人，懦弱、自私、贪婪。不过，在这两个人的反衬下，海森则显得更加高大、勇敢和机智。

想一想：

1.读完故事，总结一下海森的勇敢具体表现在哪些方面。

_____

_____

2.故事通过什么方法来表现海森的勇敢？

_____

_____

问一问：

对于"勇敢"这个话题，你会提出什么问题呢？

_____

_____

聪明的法蒂玛

（阿拉伯）

　　我们这里有个叫法蒂玛的小姑娘，村里人都叫她美丽的法蒂玛。法蒂玛不但美丽无比，而且聪明过人。

　　一天，法蒂玛和同村的五个女孩子一道去森林里拾柴。归来时，她们迷路了，而后她们发现在密林深处有一个火堆。她们来到火堆旁，看见那里坐着一个丑陋的老巫婆。

　　老巫婆一见她们便哈哈怪笑，说："啊！真主总算把你们全给我送来了。哦，六个，一共六个。这可太好了。我可要先喂喂你们啦！"说着，便拿出几块烧饼给她们吃。

　　法蒂玛看看烧饼，又看看老巫婆，低声对同伴们说："我看她准是个老巫婆，不要吃她给的东西。"说完，又故意高声地对老巫婆说："烧饼烤得又干又硬，让我们到河边去取点水来再吃，好吗？"

“不行，不行。如果让你们到河边去，你们会从那儿溜走的。”

“难道你不会用绳子把我们一个个拴起来吗？那样，我们就都跑不了哇！要不然，你给我们去河边打水也行！”

老巫婆想了一下，说：“好，我就把你们一个个都拴起来。那样，我只要拉一拉绳子头，就知道你们还在不在。”

于是，六个女孩都被放到河边打水去了。

老巫婆坐在林中，一会儿拉拉这根绳子头，说：“嗯，她还在！”一会儿又拉拉那根绳子头，说：“哈，她也在！”就这样，她放心了。

哪知法蒂玛早已把拴住她们的绳子的另一头解开，系在树上，然后一起溜走了。

六个小姑娘拼命地向前跑啊跑。

老巫婆很狡猾，竟然想到了法蒂玛会趁机溜走，但是法蒂玛聪明过人，将计就计，用了一个小小的计谋，就和小伙伴们一起成功脱身。但，故事不会这么简单，对吧？

老巫婆等了半天，不见她们回来，便起身去河边寻找。当她发现自己上当后，非常气恼。她一边追赶，一边狂叫着：“小丫头们，你们竟敢欺骗我。看我把你们

66

一个个都给抓回来！"说着，她念起了咒语："前有大河，河中有大鳄。英雄好汉，也难逃脱。"

六个小姑娘拼命地向前跑啊跑啊，眼看老巫婆快要赶上来了，她们又被一条大河挡住了去路。

法蒂玛眼尖，一下子就看到了河中的鳄鱼。她高声地向鳄鱼叫道："鳄鱼大哥，请您驮我们渡过河去，好吗？"

鳄鱼问："你们给我什么报酬？"

法蒂玛说："您先把她们五个渡过去。然后，您可以吃掉我。"

"好吧！"于是，鳄鱼一边渡着，一边数着，它把法蒂玛的五个同伴一个一个地渡过河去后，高兴地说："好啦，下面一个就该给我当点心了。"

恰好这时老巫婆已追到河边，她二话不说，一下就趴到鳄鱼背上，连连说："快渡！快渡！"鳄鱼把老巫婆渡到河心，便沉下去，一口把她吃掉了。但是，它很遗憾地自言自语："这难道就是刚才那个胖小丫吗？怎么尽是一些骨头渣呀？"

怎么办呢？这下可真的难逃脱了呀！读到这里，你是不是在为美丽的法蒂玛担心？没事，一般来说，这类传说故事的结局都是美好的。

法蒂玛到哪儿去了？

原来，聪明的法蒂玛早在鳄鱼渡第五个小女孩时，就悄悄地抓住鳄鱼的尾巴，一道游过去了。

老巫婆居然被鳄鱼吃掉了。这样，她就再也不能去害人了。感谢聪明的法蒂玛。

同学们，我们生活中没有老巫婆，但也会遇到这样那样的问题，有时甚至是危险。从法蒂玛这个小姑娘身上，我们知道了遇到事情一定要沉着冷静，不要惊慌，要想巧妙的办法，让自己化险为夷，不给坏人得逞的机会。

想一想：

1.老巫婆最后的结局，带给你怎样的思考？

_____

_____

2.故事中多次写到法蒂玛和那五个姑娘遇到危险，引起我们的担心，这样写有什么好处？

_____

_____

问一问：

细读故事结尾，思考法蒂玛的聪明之处，你会提出什么问题？

_____

_____

渔夫与魔鬼的故事

（阿拉伯）

从前有一个渔夫，家里很穷，他每天早上都到海边去捕鱼。但他立下一条规矩，每天至多撒四次网。有一天早上，他撒了三次网，却什么都没捞到。他很不高兴。第四次把网拉拢上来的时候，他觉得太重了，简直拉不动。他就脱了衣服，跳下水去，把网拖上岸来。打开一看，发现网里有一个胆形的黄铜瓶，瓶口用锡封着，锡上盖着所罗门的印。

渔夫一见，笑逐颜开，说道："我把这瓶子带到市上去，可以卖十块金币。"

他抱住铜瓶摇了一摇，觉得很重，里面似乎塞满了东西。

他自言自语地说："这个瓶里到底装的什么东西？我要打开来看个清楚，再拿去卖。"

他就从腰带上拔出小刀，撬去瓶口上的锡封，然

后摇摇瓶子，想把里面的东西倒出来，但什么东西也没有。他觉得非常奇怪。

隔了一会儿，瓶里冒出一股青烟，飘飘荡荡地升到空中，继而弥漫在大地上，又逐渐凝成一团，最后变成了一个巨大的魔鬼，他披头散发，高高地飘立在渔夫面前。

魔鬼的头像堡垒，手像铁叉，腿像桅杆，口像山洞，牙齿像白石块，鼻孔像喇叭，眼睛像灯笼，样子非常凶恶。

渔夫看见这可怕的魔鬼，呆呆地不知如何应付。一会儿，他听见魔鬼叫道："所罗门啊，别杀我，以后我不敢再违背您的命令了！"

"魔鬼！"渔夫说道，"所罗门已经死了一千八百年了。你是怎么钻到这个瓶子里的呢？"

魔鬼定神一看，眼前的不是所罗门，而是一个渔夫，便说道："渔夫啊，准备死吧！你说选择怎样死吧，我立刻就要把你杀掉！"

"我犯了什么罪？"渔夫问道，"我把你从海里捞上来，

瓶子里出来了巨大的魔鬼？太吓人了。这里用七个简洁的比喻，写出了魔鬼样子的凶恶可怕。按照常理，魔鬼应该感谢渔夫吧？

又把你从铜瓶里放出来，救了你的命，你为什么要杀我？"

魔鬼答道："你听一听我的故事就明白了。"

"说吧，"渔夫说，"简单些。"

"你要知道，"魔鬼说，"我是个无恶不作的凶神，曾经跟所罗门作对。他派人把我捉去，装在这个铜瓶里，用锡封严了，又盖上印，投到海里。我在海里待着。在第一个世纪里，我常常想：'谁要是在这个世纪里解救我，我一定报答他，使他终生享受荣华富贵。'一百年过去了，没有人来解救我。第二个世纪开始的时候，我说：'谁要是在这个世纪里解救我，我一定报答他，把全世界的宝库都指给他。'可是没有人来解救我。第三个世纪开始的时候，我说：'谁要是在这个世纪里来解救我，我一定报答他，满足他的三个愿望。'可是整整过了三百年，始终没有人来解救我。于是，我非常生气，我说：'从今以后，谁要来解救我，我一定要杀死他，不过准许他选择怎样死。'渔夫，现在你解救了我，所以我允许你选择你的死法。"

渔夫叫道："好倒霉啊，碰上我来解救你！是我救了你的命啊！"

“正因为你救了我，我才要杀你啊！”

“好心对待你，你却要杀我！老话确实讲得不错，这真是‘恩将仇报’了！”

“别再啰唆了，”魔鬼说道，“反正你是非死不可的。”

这时候，渔夫想道：他是个魔鬼，我是个人。我的智慧一定能压制他的魔气。于是他对魔鬼说：“你决心要杀我吗？”

“不错。”

“凭神的名字起誓，我要问你一件事，你必须说实话。”

“可以，”魔鬼说：“问吧，要简短些。”

“你不是住在这个铜瓶里吗？可是照道理说，这个铜瓶既容不下你一只手，更容不下你一条腿，怎么可能容得下你这样庞大的整个身体呢？”

“你不相信我住在这个铜瓶里吗？”

“我没有亲眼看见，绝对不能相信。”

于是，魔鬼摇身一变，变成一团青烟，逐渐缩成一缕，慢慢地钻进了铜瓶。

渔夫见青烟全进了铜瓶，就立刻拾起盖印的锡封，把瓶口封上，然后学着魔鬼的口吻大声说："告诉我吧，魔鬼，你希望怎样死？现在我决心把你投到海里去！"

这个结局大快人心！
　　面对魔鬼违背常理的胡说八道和即将到来的杀身之祸，在力量悬殊的情况下，渔夫临危不惧，用自己的智慧战胜了魔鬼。故事峰回路转，惊险精彩。

想一想：

1.魔鬼是怎样上当钻进瓶子里的，这个故事反映了渔夫怎样的智慧？

_____

_____

2.故事从哪些角度具体描写了魔鬼的凶恶？

_____

_____

问一问：

针对"渔夫"和"魔鬼"的形象，你会提出什么问题？

_____

_____

阿里巴巴与四十大盗

（阿拉伯）

一

多年以前，在波斯某一城市有兄弟二人，一个叫卡西姆，另一个叫阿里巴巴。他们的父亲曾留给二人一小笔财产。这财产两人均分了，但不久就被全部用尽。老大卡西姆呢，娶了一个富商之女为妻，之后又开了一家大的店铺，而且还有了一座里面装满贵重物品的仓库。至于老二阿里巴巴，则娶了一个贫苦人家的女儿，依靠每天在丛林里砍木柴卖钱为生，生活甚是艰难。

有一天，阿里巴巴砍了许多柴，多得使他的几头骡子用尽全力才能驮完。正在这时，远方突然有一大团烟尘向他滚滚扑来。等烟尘靠近时，他才看清，是一群人骑了快马朝他风驰电掣般地飞奔而来。他很担心这些人是一伙强盗，会将他和他的骡子全部杀死，因此他把骡子赶到一片矮树丛里躲起来，而自己则藏在一棵树上。这棵树紧靠一片耸立的悬崖绝壁。当马队到了这里时，骑手们都下了马，不再前进。阿里巴巴数了一下，一共四十个人，而且他断定这些人是一伙刚抢劫过商队的大盗。

　　这些人来到阿里巴巴所藏身的大树底下时，解开马缰绳，卸下马鞍上的袋子，每个袋子看起来都非常沉重。这时候，众强盗中的一人，也就是强盗头子，穿过矮树丛，走到悬崖附近一块大岩壁前，大喊一声："芝麻开门！"岩石上一下子就开了一扇门，等所有强盗都进入门内后，门就自动关了。阿里巴巴一直躲在树上，一动也不敢动，以免强盗跑出来把自己杀死。

　　过了很久，门突然又打开了，强盗头子站在门口守着。每出来一个人，他都计算数目。等所有的人全从石洞里走出来后，他就念了魔咒："芝麻关门！"于是，洞门便关闭了。

　　阿里巴巴一声不响地躲在树上，直到强盗们走得很远，一点儿也看不见为止。这时，他自言自语地说："我倒要看看是不是我一下命令这门也会自己开关。"于是他便大叫一声："芝麻开门！"

他刚一说完，门马上就开了。他看到了一个巨大的岩石山洞，光线由洞顶的缝隙透了进来。洞里放满了一大包一大包的东西，还有一堆堆金币，有的金币装在布袋里，还有不少金币散放在地上。看见这些宝藏，阿里巴巴深信这个洞多年以来一直是强盗们的仓库。阿里巴巴并没有一直站在那儿盘算自己该怎么办，而是走进洞里去。他刚一进洞，门就在他背后关上了。他没有因此而不安，因为他已牢牢记住了能叫门再自动打开的咒语。他并不在意自己身旁那一包包珍贵货物，只拿了几口袋金币，出洞后他把钱驮在骡背上，接着就用柴捆覆盖在钱上，大喊一声："芝麻关门！"门又关上了。

阿里巴巴用最快的速度匆匆赶回家去见妻子。进大门后，他先将大门牢牢闩好，然后便把那些闪闪发光的金币倒了出来，向妻子诉说了自己的奇遇。他妻子听了，大为惊异，马上就去数金币。

"你也太笨了。"阿里巴巴对妻子说，"我们应该先在地上挖个洞，把财宝藏起来，以免邻居发现咱们的秘密。"

"很好。"她说，"可首先我得称一称金币，这样才能知道我们有多少钱。"

"只要你能保密而且能快点儿干。"阿里巴巴回答说，"你愿意怎样就怎样吧。"于是，她立刻去卡西姆家借秤。

卡西姆的老婆十分好奇，她想知道她弟媳究竟要称什么好东西，所以就偷偷地在秤盘底下抹了一些蜡和羊板油。阿里巴巴的妻子丝毫没有注意到这些，就去称金币了，而阿里巴巴则忙于挖洞来埋金币。当这一切都完成了，金子也稳稳当当地藏起来后，她跑去哥嫂家还秤，竟一点儿也没注意到秤盘底下抹了蜡和羊板油的地方粘上了一枚小小的金币。

卡西姆的老婆一见秤盘底下粘的那枚小金币，就自言自语地说："什么！他们夫妻二人能有那么多金子，竟需要用秤来称吗？"她大为惊异，不知道像阿里巴巴这样的穷人怎么会弄来这么多钱。当晚，卡西姆一回到家，她就对丈夫说："卡西姆呀，你可以认为自己是个富人，但阿里巴巴实际上比你有钱得多。他的金子如此之多，竟然得借用我们的秤来称。"她便把弟媳借秤之事一五一十地说给丈夫听，而且还拿出她在秤盘底下找到的那枚小金币给他看。

听到自己弟弟发财的故事以后，卡西姆不但没有高兴，反而妒火中烧。他彻夜难眠，第二天一大早便去阿里巴巴家，要弟弟把事情说清楚。阿里巴巴这时发现自己再也无法保密，就告诉了哥哥一切经过，而且还答应给他一部分财宝。

"我要自己去取那些宝贝，"卡西姆很不礼貌地说，"告诉我山洞在哪里和怎样去开门。要是你不肯说出来，我就不替你保密，那你就会失去你已经拿到的一切。"

看到卡西姆的这种表现，我们就感觉要出大事情了。自私和贪婪，往往会毁掉一个人。

阿里巴巴照哥哥的话做了，与其说是由于受到哥哥威胁，还不如说是因为他自己的心地仁厚。他把岩洞的位置和能使洞门开关的咒语一五一十地全告诉了哥哥。而卡西姆，非常仔细地听着弟弟的这些交代，第二天就雇了十头骡子前往岩洞。他到了悬崖附近之后，首先确认自己找到了门，然后就大叫一声："芝麻开门！"使他大为高兴的是，洞门立即敞开，他一下子便看见了洞内堆积如山的财宝。

他兴冲冲地走进岩洞，站在那里吃惊地望着眼前的这一片金银财宝时，他身后的门也就随之关闭了。他兴高采烈，东走西逛，饱览着那一匹匹绫罗绸缎和一堆堆璀璨的宝石。终于，他开始动手了，把金子整整装满了十袋，放在门口准备装上骡背。由于他太忙了，加上一心一意地想看自己的财宝，竟把开门的咒语忘得一干二净。他不是喊"芝麻开门！"而是大喊大叫"大麦开门！"他惊慌失措地发现大门依然紧闭，纹丝不动。他在极端焦虑中，把自己能记得的一切谷物的名字一遍遍地重复，却始终想不起咒语中的那个词，就仿佛他从未听见过那个名字一样。他从肩上甩下那些装黄金的袋子，绝望地在洞里走来走去。

大约到了中午，众强盗偶然经过自己的宝库，吃惊地发现了卡西姆拴在门口的骡子。有些强盗就去树林里搜寻骡子的主人。强盗头子则赶快下马，念了开门的咒语，打开了大门。

卡西姆在洞内一听见马蹄的声音，便知道强盗们已到门外，随时可以杀死自己。他决心逃跑，所以大门一开，他立刻冲了出去，一下子把强盗头子撞倒在地。然而，他很快就被外面的强盗制伏了。这些人用剑刺向他，把他杀死了。

卡西姆已经装好了的布袋很快就在洞内被发现了，而阿里巴巴原先拿走的财宝却未被发现，因此，强盗们无人怀疑另外还有一人也知道了他们的秘密。可万一有人知道了怎么办呢？于是，强盗们便一致同意对敢来盗宝的人先行警告，使他知道当窃贼的下场会是什么。这样，他们就把卡西姆的尸体肢解了，挂在洞内。于是，他们重新上马，在路上埋伏，等待下一个商队的到来。

到了晚上，卡西姆还没回家，他的妻子深感不安，就跑到阿里巴巴家哭着说："兄弟呀，卡西姆到现在还没回家！我知道他到哪儿去了，也知道他去干什么事，我真害怕他遭到不幸了。"

阿里巴巴对此也忧虑不安，以致彻夜未眠。第二天一早，他就赶着骡子向森林走去。他一到岩石边，就看见附近有打斗的痕迹，心里极为震惊，赶快走向山洞。大门一开，他就发现自己最害怕的事情已经发生了，为了保护自己的安全，他立刻匆匆用布包了哥哥的残骸，装到一头骡子背上，用树枝小心盖好。他又拿了几袋金子驮在另外两头骡子背上，念了咒语，把洞门关上，赶回家去了。到家后，他把金子交给妻子保管，而把装尸体的袋子搬往哥哥家，轻叩着嫂嫂的大门。

卡西姆的妻子有个女奴，名叫莫姬雅娜，她为人非常精明，一听敲门声便下了门闩，请阿里巴巴进院子来。嫂嫂也立刻从房里出来，一边哭一边说："阿里巴巴哟，你已满面愁容，快对我说出了什么事啦！"

阿里巴巴把事情告诉了她，另外还加了一句："要来的已经来了，剩下的事就是我们必须保密。"这位不幸的嫂嫂也同意弟弟的这一建议。阿里巴巴就和莫姬雅娜商量了一下，要女奴照他的话去做，赶快去找药店。交代完这事后，他便回家去了。

"是你主人家的哪位病了呢？"药店售货员问莫姬雅娜。

"我的天呀！"她哭着说，"卡西姆病得快死了，他已经既不能吃东西也不能说话了。请您马上把刚才医生开的这种猛药卖给我吧，不然我怕我的这位好心的主人活不成了。"

这一整天，阿里巴巴夫妻二人来回奔波于自己家和哥哥家，众人都看见了，因此，当晚卡西姆病死一事，谁也没有怀疑。

次日一大早，莫姬雅娜找到了一个名叫巴巴·穆斯塔法的老皮匠，拿出两枚金币给他。

"这钱是给你的。"她对皮匠说，"请拿起你的缝补家什和我走一趟，不过，当我们走到半路某处时，你得让我蒙起你的眼睛来，以免你知道我们要去的地方。"

巴巴·穆斯塔法一边看着手里的金币（当时天还没亮，以至于他很难看清究竟是多少钱），一边回答说："嗯，你给的钱可不少呀。赚人这么多钱，你要求我干什么呢？难道是让我去干坏事？"

"真主在上，决不许人干坏事！"莫姬雅娜说，"你就跟我走吧，什么也不用害怕。"

皮匠同意了以后，莫姬雅娜便领着他走，到了她说的那个地方后，她拿出手帕蒙住了皮匠的两眼。于是，她就把皮匠领到主人家，到一个光线很暗的房子里才把手帕取下。她嘱咐他把死者被切断的肢体都缝在一起，以便为死者举行一个体面的葬礼。皮匠完工后，她又给了他一枚金币，然后仍然用来时的办法把他送回店里。这以后，家人就为死者按常规穿好寿衣，向邻居及亲朋好友发出讣告，再按丧葬习俗虔敬地完成了一切礼仪。

一对兄弟，两种做法，不同结果。卡西姆为了金钱，死于非命，他为自己的贪婪和愚蠢付出了惨重的代价。虽然阿里巴巴他们为了不让别人怀疑，已做得毫无破绽，但强盗们不会善罢甘休。阿里巴巴他们的命运又将如何呢？

一切都进行得有条不紊，没引起任何怀疑。几天以后，作为死者亲弟弟的阿里巴巴，就把自己的财产搬到嫂嫂家里。每次搬时都特别注意，一定在夜深人静时才搬。此后不久，他便正式宣布与嫂嫂结婚。对这个消息，谁也没有感到惊奇。

二

当四十大盗又回到森林里他们的宝洞时，他们找不到卡西姆的尸体，极为沮丧。

强盗头子说："我们必须查清事实，要不然我们将失去所有宝藏。"

于是，众强盗决定派他们中的一个人化装出去，找出知道他们秘密的那个人。有一个强盗当即自告奋勇地担当起查访任务，而且愿意立下军令状：如完不成任务，甘愿被处死。

"这很好。"强盗头子说，"因为我们的情况万分危急，非生即死。只要我们还想活命并且还想保留我们的金银财宝，就必须孤注一掷。"

于是，这个强盗就化装成一个旅客，天刚一亮，就进城了。他在街上走来走去，走到了开门比一般商店都早的巴巴·穆斯塔法的摊子。

"老哥您好。"强盗说，"您工作开始得很早，这么早您能看得见吗？天还没大亮呢。"

"您一定是生人。"巴巴·穆斯塔法说，"不然的话您应当知道我的眼睛很好。就在昨天，我还在一个比这里还黑暗的房子里把一具尸体缝合了起来。"

"啊！"强盗心里自言自语地说，"我今天的运气可真好。"于是，他故意装着惊奇的样子对老皮匠说："您太会开玩笑了。您能把您在那里做过如此奇怪工作的房子指给我吗？要是您能办到，我给您两枚金币。"

"我敢保证我做不到，"巴巴·穆斯塔法回答，"因为有大半段路我是被蒙着眼睛带去的。"

"那么，"强盗说，"您也许还能记得一点儿吧。来，也许我们能一同找到那座房子。"对巴巴·穆斯塔法来说，两枚金币是很大的诱惑。他把钱看了很久之后，放进了自己衣袋内，站起来准备试一试。"我不敢承诺一定能找到原路。"他说，"不过，我一定尽力而为。"

接着，他就先领强盗走到莫姬雅娜开始蒙他眼睛的地方，让强盗照之前蒙他眼的方式把他双眼蒙了起来。他在街上慢慢地前行，一边走一边数步子，直到最后他停在卡西姆家门口，也就是阿里巴巴现在住的地方。

巴巴·穆斯塔法说："我想我上次是走到这里，绝不会再远。"

这样，强盗就在这一家门口用白色粉笔做了个记号，接着便把给他带路的皮匠打发走了。他问了附近几家居民，得悉这一家主人最近猝死，而且还知道了阿里巴巴前不久还穷得潦倒不堪，现在却突然富了起来。从这些事实来分析判断，强盗认为阿里巴巴正是他要搜寻的人。

这天，莫姬雅娜出门办事时看到大门上面的白色粉笔记号，十分惊异。

"这是干什么的呀？"她自言自语地说，"要么就是有仇人要加害我的主人，要么就是哪个顽童恶作剧乱画的。不管怎样，提高警惕以防可能到来的灾难总没有错。"

于是，她回到家中，拿了支白粉笔，在街道两旁每一边都选了两三家大门，在上面画了同样的记号。事情办完后，她完全未对主人讲起。

此时，那个强盗回到了森林里的匪窝，把情况一一报告了。强盗头子首先表扬了那个强盗的细心和能干，接着就对众强盗说："伙计们，咱们时间一点儿也不能浪费了。也许只要一天，有人就能把咱们的巨大财富搬得精光。我和这位给大家带来好消息的人一同出发，当我见到那所房子时，再决定要采取什么措施。现在，你们立刻分成几组进城去，一起到广场上，我很快就会与你们会合。"

众强盗一致同意这一计划，他们两三人一组进城去，以免引起外人的任何怀疑。前面提到的那个探子带着强盗头子走到了阿里巴巴住的那条街上。等走到门上画有白色粉笔记号的一家时，他指出来说就是这一家。然而，强盗头子看见隔壁一家大门上也同样标有类似的记号，就问他能否确定哪一家大门是自己亲手标上的。这个强盗吃惊得简直无法回答，尤其是当他发现还有五六家大门上都有同样的记号后。

强盗头子知道自己的计划已经落空，就前往他的伙计们等他的广场。

"弟兄们！"他说，"我们白费了力气，现在只有马上回到森林里去。至于我们的探路人，他已向我认了罪，承认自己有罪，不该办事不认真。"

众强盗觉得这个探子已是罪不可赦，于是将他处以死刑。紧接着，另一个强盗自告奋勇地去接替前面那个失败者，继续完成任务。他的请求马上得到了许可，于是他也像前面那个强盗一样先找了巴巴·穆斯塔法，被带到那家大门口后，他就用红粉笔做了记号，而且把记号画在一个很不显眼的地方。

可是，不论什么都逃不过莫姬雅娜的火眼金睛。她一看见红粉笔记号，就把整条街所有的房子都画上了同样的红色记号。

这个强盗一回到驻地，就自夸他做的记号如何隐秘。可是，等强盗头子和他一同去那条街上找时，两个人还是无法确定究竟是哪一家。众强盗万分沮丧，就又按原先的军令状，把这第二个强盗也处死了。

此时，强盗头子由于已经死了两个弟兄，非常难过，他决定这一次亲自进城侦察。他用和前面二人同样的办法找到了阿里巴巴的家之后，在门上不做任何记号，而是再三仔细观察，认准了大门，确定不可能再弄错。这样他才回到盗匪巢穴，对伙伴们谈了自己的计划。

他对大家说："现在你们去找十九头骡子来，每头骡子背上驮两只大坛子。一只坛子里装油。剩下的三十七只坛子空着，我在每只空坛子里装一个人。"

读到这里，你的心是不是纠结起来了？阿里巴巴他们能否躲过这一劫呢？

事情照这样办好后，十九头骡子背上载满了坛子，强盗头子一人赶了骡子进城，径直走向阿里巴巴的家。这时他发现阿里巴巴正坐在自家的大门口乘凉。强盗头子让骡子停了下来，对阿里巴巴说："先生，我带了些油来，准备明天在市场上卖。我刚刚走了很远的路，现在天色已晚，还没找到住处。要是我今晚能在您这里歇脚，我将感激不尽。"

阿里巴巴当即同意了这一要求。仆人们把坛子从骡背上卸了下来，一一放好。阿里巴巴对莫姬雅娜说，要把客人招待好。又嘱咐她："明天一大早我要去澡堂洗澡，在我回来之前，给我煮好一碗肉汤。"

晚餐之后，强盗头子装作去看骡子，走到院子里，对着一个个坛子里的伙伴们轻声细语地说："今天半夜，我一说话，你们就立刻走出来。"之后，他便回到主人房子里。莫姬雅娜手拿油灯，把他带到为他准备好的客房里就寝。

过了一会儿，正当莫姬雅娜在厨房里快忙完自己的工作时，她的灯刚好因油尽而熄灭了。"主人明天早上的肉汤我一定得准备好。"她自言自语地说，"家里的油已经用光，那边棚子里有许多装满了油的坛子，我的灯只要用他一点点油就行了。"

于是，她走到棚子那里，小心翼翼地打开了其中的一坛。正在这时，坛子里有人耳语道："怎么，时间到了吗？"

"不，还早着呢，你耐心点吧。"她立刻这样回答。

她用这种办法看遍了所有坛子，对所有强盗都不惊不慌地用同一说法回答他们，直至最后她找到了那一坛油。接着，她

面对意外，莫姬雅娜很淡定地做出反应，真是机智过人。这样的反应好在哪里？

就尽快地把油舀到自己的油壶里，然后回到厨房，点燃油灯，架起一堆柴来烧。随后，她又回到油坛子那里，拿了把很大的壶灌满了油，再将这一大壶油放在柴火上煮。等油煮得滚烫时，她把油舀到小壶里，一壶又一壶地分别倒入每个坛子中，烫死了坛子里的强盗们。

不到一个钟头后，强盗头子悄悄地起了床。他一看

天色漆黑而又万籁俱寂，不禁喜从心来，甚为满意。可是，当他发出信号要众强盗从坛子里出来时，棚子里没有丝毫动静。这种沉寂使他大为吃惊。他蹑手蹑脚地轻轻走到院子里，用手摸到第一个坛子，却惊异地感到手底下的坛子竟是热乎乎的。接着，他就闻到了油味，而且油还冒着热气。这时他明白，自己原先的计策已被识破。他检查了一个又一个坛子，发现里面一个活人也没有。他想到救自己的命要紧，就硬扭开通向后花园的门上的锁，逃之夭夭了。

莫姬雅娜等强盗头子走了之后，没有马上去睡，为的是确认他不会再回来。最后，她直到完全确信他再不会返回了，才去睡觉。她对自己今晚能够救了主人和他全家而十分高兴。

次日一大早，阿里巴巴从澡堂回来，看见客人的骡子还在棚子里，甚为惊奇。他问莫姬雅娜是何原因。

于是她就把主人带到那些坛子前，并告诉了他所发生的一切。阿里巴巴对女奴的忠于职守十分感动，就赏她以自由，并且送给她一大笔钱。但莫姬雅娜对主人这一家感情太深了，她不愿离开，而愿继续和主人一家住在一起，并负责管理全家的奴仆。

至于那个强盗头子呢，他在狂怒与极端失望中回到了森林里，独自住了几星期后，想出了如何整死自己敌人的另一条诡计。他在城里消磨了很长时间，了解到卡西姆的儿子小卡西姆已过继给阿里巴巴，还开了一家大商店。

于是，强盗头子也在商场里租了一间铺面，从岩洞里拿了许多漂亮的商品来这里卖。他自称是个商人，店里卖的货物工艺精美，花色品种齐全，应有尽有，这使得他受到了人们的尊敬。而小卡西姆就是众多想巴结这位新商人的人之一，他受到了热情的接待。小卡西姆受宠若惊，不久便把这位新朋友介绍给自己的继父。阿里巴巴想邀请这个假冒的商人在家吃晚饭，强盗头子婉言谢绝了，说："我不能在您府上吃饭，是因为医生嘱咐我不能吃盐。"

"您要是真不能吃盐的话，"阿里巴巴说，"那不要紧，我们仍然可以在一起欢聚。您来了，我家做的菜里一律不放盐。"

可是，莫姬雅娜对此却非常不理解。"这位难侍候的人是谁？"她问道，"有哪个人能不吃盐呢？"

"他是谁跟你有什么关系？"阿里巴巴回答，"他是我儿子的朋友，我怎么吩咐，你照办就行了。"

"好吧。"莫姬雅娜说。但她仍然对客人的身份感到奇怪。晚餐做好了，有一盘菜由她亲自端到房里，以便她有机会看看这个怪客人到底是什么样子。尽管强盗头子已化了装，她一进房里，还是一眼就认出了他，她仔细审视他，发现他在长袍底下藏了一把匕首。

"哦！"她心里想道，"客人不吃盐，原因就在此。他想刺杀我的主人，却没有想到还有我在。"

晚饭吃完，桌子一收拾干净，莫姬雅娜就来到门口，她换了一身舞女装束，腰上缠了一条银腰带，腰带上佩了一把镶有宝石的匕首。她脸上蒙了一块价钱昂贵的面纱。她一进门，就向主人和客人行了个屈膝礼，问能否由她表演一个舞蹈。

"行，过来吧，"阿里巴巴说，"让咱们的客人看看你能表演些什么。"

强盗头子对她的这种半途干扰并不高兴，不过他仍然装出很愉快的样子。于是，莫姬雅娜就开始跳舞。她娴熟优美地跳了几段舞后，便取出匕首，开始了一系列难度很高的特技表演，舞得出神入化，精彩绝伦。她一会儿把匕首指向阿里巴巴，一会儿把它指向客人，有时则指向小卡西姆。最后，她气喘吁吁，仿佛是跳累了，就学着职业艺人那样，左手拿起她的小手鼓——呈向三位观众。

阿里巴巴往小手鼓里丢了一枚金币，小卡西姆也照样办了，然而，当强盗头子从他长袍衣兜里摸出钱包准备付钱时，莫姬雅娜突然把匕首一下子刺入强盗的心窝。

阿里巴巴大惊失色。"你这个该死的女人！"他大声吼叫着，"你这是干什么？你把我的名誉全毁了。"

"不对，老爷，我救了您的命。"莫姬雅娜一边回答，一边猛然掀开那位客人的长袍，强盗暗藏的匕首暴露了出来。"您好好看看这个男人吧，看看您刚才躲过了怎样的一劫。"

阿里巴巴知道自己欠了这位勇敢的少女太多恩情，他一再向她深深致谢。"你既然已经是自由人了，"他对她说，"那我就只剩下一种办法来酬谢你。我知道小卡西姆一直是你的忠实情人，我同意你嫁给他，而且永远分享我的家产。"

不久，小卡西姆就与莫姬雅娜结了婚，并举行了盛大的婚礼。又过了一段时间，阿里巴巴小心谨慎地去了一趟山洞，他非常高兴地发现财宝还在那里，未被人动过。这使他充分相信再无任何人知道岩洞的秘密，于是就取了尽可能多的财宝，把它们牢牢地捆在自己的马鞍上，回到家里，把经过讲给全家人听。他依靠山洞里随时能拿到的财宝，日子过得更加幸福。他既明智得体，又乐善好施、慷慨大方。这样，他后半辈子的生活过得很舒适，而且在社会上享有很高的威望。

想一想：

1.这个故事分为两个部分，请用简洁的语言概括每一部分的主要内容。

_____

_____

2.你认为谁是这个故事的主角？跟大家一起讨论交流。

_____

_____

问一问：

对于阿里巴巴与四十大盗斗智斗勇的情节，你会提出什么问题？

_____

_____

征服巨人的杰克

（英国）

乡村的生活真快乐，可是，不知从哪儿冒出了一个巨人科尔摩兰，而且就住在附近的一条路边的山洞里。这巨人非常凶狠，他永远都感到饥饿，每天早上都要到路上去抢劫，遇到什么抢什么，人、羊、鹅、猪、狗，一律不能幸免。

有个人运了一车蘑菇去赶集，科尔摩兰就把他抓住，连人带马一起吃了，甚至连马鞭子也没有放过，统统吞下了肚子。他真是一个永远填不饱的饭桶！

乡村的居民个个都胆小，他们服服帖帖地把自己的鸡和猪主动地送给他，恭恭敬敬地说：

"科尔摩兰先生，请吃吧！"

"科尔摩兰先生，您尽快地吃吧！"

"科尔摩兰先生，您还想吃些什么呢？"

人们都向他鞠躬行礼，那虔诚的样子就别提了，脑袋都能碰到地!

科尔摩兰吃胖了，胖得像一堆草垛。他已经不需要再到路上去抢劫了，就天天躺在洞里睡大觉。他想吃谁，就对谁吆喝一声："喂，老头子，快到我这儿来。要显得精神些，我现在就要吃你了，吃活的！"

"遵照大人您的吩咐，我就来，我就来！"可怜的老人恭恭敬敬地答应，"我到了，您就请吃吧！"

如果不是一个名叫杰克的小孩子挺身而出的话，这个巨人科尔摩兰大概能活一千年，他能把你、把我、把我们大家统统吃光。

> 巨人科尔摩兰的出现，打破了乡村的快乐。村民们对他鞠躬行礼、服服帖帖、恭恭敬敬，可笑又可怜，胆小懦弱得让我们觉得不可思议。

杰克是个勇敢的孩子，什么人都不怕。他下了决心，一定要惩罚这个巨人，把他的脑袋砍下来。

一天早上，当大家还在熟睡的时候，杰克就拿起一把父亲的铁锨，悄悄地来到了科尔摩兰居住的山洞，要在他的洞口挖一口陷阱。

巨人听到了外面的响声，就醒了。

"是谁在外面？"他喊了一声。

杰克根本没有理他，他藏到一个草丛里，等巨人睡着了再接着干。科尔摩兰在草堆里翻了几个身，就打起呼噜来。杰克整整干了一天，到了晚上，终于挖成了一个深深的陷阱。他用树枝把洞口盖好，又在上面撒上了一层雪。乍一看，根本不知道这里有一个坑，还以为是一片平地呢。

在一切都完工之后，杰克后退了几步，喊了起来："喂，科尔摩兰，你起来吧！"

他往洞里掷了一块石头，正好打在科尔摩兰的额头上。

巨人气得浑身发抖，他三步并作两步跑出了山洞，想抓住这个杰克，先把他撕成碎块，再一口一口地把他吃掉。可是，他万万没有想到，一出门，就掉到了陷阱里，而且一落到底！

陷阱很深很深，他几次想爬上来都没有成功，每次刚爬上去一点儿就又重新掉了下去。起初他还破口大骂，挥舞着拳头恐吓杰克，后来，他终于哭了，向杰克求饶："我以后一定做个好人！"他又喊道，"我一定爱护大家，保证不再吃任何人了！"

"我不相信你！"杰克回答，"你是个心毒手狠的吃人魔王，今天你是恶有恶报！"

杰克毫不留情地挥舞起铁锹，一下子就把科尔摩兰的脑袋砍了下来。

村里的人听到这个消息，一个个高兴得又蹦又跳。

"谢谢你，杰克，你为我们除了一大祸害！"青年人和老年人都异口同声地感谢他。

姑娘们送给他一条丝腰带，上面还绣着赞美的词句："杰克是最强大、最勇敢的人，他征服了巨人科尔摩兰。"

杰克系上这条丝腰带，把大刀磨得特别锋利，就出去旅行了。他还要去征服另外一些专门欺负别人的巨人。

干得漂亮！杰克果然勇敢机智！不过，一般来说，接下去的巨人会更难对付。

在那些吃人的魔王中，最为狠毒的要数巨人勃兰德波尔。

杰克一心想征服勃兰德波尔，因为他去年劫走了邻居铁匠家的独生女儿，那个美丽的长着棕黄色头发的少女，她被这吃人魔王关在他的地下室里。要想把她救出来，只有把勃兰德波尔杀掉。

春去夏来，杰克还没有找到勃兰德波尔的踪迹。他寻遍了森林，寻遍了原野，就是找不到这个吃人魔王。

有一天，烈日炎炎，杰克经过长途跋涉太疲劳了，就躺在一个阴凉的小沟里睡着了。这时候，正好勃兰德波尔从他身边路过。他看到一个小孩子在沟里睡觉，就俯下身子朝他端详了一番。忽然，他看到这个孩子的腰带上绣着两行端端正正的大字："杰克是最强大、最勇敢的人，他征服了巨人科尔摩兰。"

勃兰德波尔自言自语地说："原来就是这个小孩杀死了我的亲侄儿，我一定要替他报仇！"

勃兰德波尔与一般的巨人不同，他有两个脑袋，一个小，一个大，一个是老头子的脑袋，一个是年轻人的脑袋。他们看见正在熟睡的杰克，一个脑袋就喊："应该把他放在水里煮！"另一个脑袋又喊："应该把他放在油里煎！"两个脑袋吵得面红耳赤，互相顶撞了起来。

"下水煮！"一个脑袋喊。

"用油煎！"另一个脑袋也毫不示弱。

他们看到杰克被他们吵醒了，就连忙缩起舌头，把自己装扮成好人，对杰克唱起了赞歌：

"亲爱的孩子呀，

我们多么爱你！

我们亲你，我们疼你，

最软的床儿让你睡，

最好的摇篮也给你，

甜甜的糖儿给你吃。"

唱到这儿，两个脑袋发出一阵狞笑，又一起唱道："吃完了糖我们再吃你！"

他们还以为这最后一句杰克

果然，这个巨人难对付。竟然有两个脑袋，还会用甜甜的歌声来迷惑杰克，真是个狡猾的坏蛋。不过，如果他的两个脑袋意见不统一的话，说不定会误事。为什么我这么猜呢，因为在前面的故事中这两个脑袋一直在争吵呀！不过，这是我猜的哟！

没有听见呢，他们哪里知道，杰克早就记在心里了。他心里有数，这个长着两个脑袋的恶魔勃兰德波尔是想把他带回去再吃。

杰克想逃，但勃兰德波尔一把抓住了他的腿，把他塞到口袋里，回家以后，摸了摸他的脑袋，把他放在一张床上。

"晚安！"一个脑袋说。

"祝你做一个好梦！"另一个脑袋说。

两个脑袋都客客气气地向杰克告辞了。杰克又听到在门外一个脑袋对另一个脑袋说：

"等这个小鬼一睡着，我就一棍子打死他，把他放到锅里去煮。"

"不行，得用油煎！"另一个脑袋喊了起来。

"不行，用水煮！"

"不行，用油煎！"

杰克一骨碌爬了起来，在屋子里跑过来跑过去。他想逃出去，可门紧锁着，窗户外面又有铁栏杆，真是一点办法也没有。他冥思苦想，终于想出了一个好主意。他找来一根大木头，把它放在床上，盖好毯子，就让这根木头代替他去送死：只要巨人一砸这根木头，杰克就有救了！

杰克藏在炉子的后面，没过多久，楼梯上便响起了巨人的脚步声，他的步子特别沉重，整个房子都被震得发抖。

门被打开了，巨人手里拿着一根棍子，走到床前，用尽全身的力气砸了下来。他哪里知道，杰克正躲在炉子后面呢，安然无恙。

"我终于把这个孩子干掉了！"巨人一边走，一边高兴地自言自语，却忘记把门关上。

杰克高兴得笑了起来，跟在他的后面悄悄地跑了出去。巨人回到自己卧室，往床上一躺就睡着了。杰克在

他的枕头底下掏出了一把钥匙，上面写着"地窖"两个字。他一想，铁匠的女儿，那位美丽的长着棕黄色头发的少女杰尼不正被关在那个地方吗？他连忙跑下去，放走了这个可怜的姑娘，然后，又回到自己的屋里，甜甜地睡了一觉。

早上，杰克睡醒之后，就去找巨人勃兰德波尔。巨人看见他，不由得浑身直打哆嗦。

"你怎么还活着呢？"一个脑袋问他。

"你怎么没有死呢？"另一个脑袋也问他。

"我为什么要死呢？"杰克反问。

"我们不是在夜里拿棍子把你砸死了吗？"一个脑袋说。

"是往死里砸的呢！"另一个脑袋又补充了一句。

"小事一桩！"杰克笑了笑说，"这一棍子对我来说根本无所谓，我还以为是老鼠尾巴碰了我一下呢！"

"他真是个大力士！"巨人心里想，"难怪他征服了科尔摩兰呢，在他面前，我的大棍子都成了老鼠尾巴了！我还是趁早躲开点吧，可别让他把我也弄死了。可是，往哪儿跑、往哪儿藏呢？"

"上阁楼！"一个脑袋说。

"下地窖！"另一个脑袋又顶嘴了起来。

"不行，还是上阁楼！"

"不行，还是下地窖！"两个脑袋还是吵个不停，身子一步也没有挪动。这个巨人不知道自己由哪一个脑袋说了算。

杰克迅速地站到一把椅子上，一刀砍下了这两个脑袋。它们一起顺着楼梯往下滚，一边滚，一边还在喊：

"不行，上阁楼！"

"不行，下地窖！"

杰克征服了这个巨人，立即回到了自己的村庄。

全村的男女老少都知道杰克又立下了新的功劳，大家都高高兴兴地欢呼着，欢迎他胜利归来。

最高兴的还是铁匠，那个美丽的长着棕黄色头发的姑娘的父亲。他送给杰克一匹骏马。杰克骑上它，又到别的遥远的国度去了。他还要征服另一些凶恶的吃人魔王呢！

杰克和我们一样，没有三头六臂，也没有什么法宝。面对吃人的魔怪，小小的杰克沉着冷静，勇敢机智，居然打败了他们。

再联系那些村民在巨人科尔摩兰面前的表现，你就会明白，你越是胆怯，越是退缩，坏人就会越猖狂。

想一想：

1.读完这则故事，你看到了一个怎样的杰克？

_____

_____

    2.杰克除去科尔摩兰和勃兰德波尔，分别用了什么方法？在写法上有什么异同？

_____

_____

问一问：

细读故事中描写巨人的片段，你会提出什么问题？

_____

_____

割草比赛

（德国）

收割干草的季节快到了。有一天，农夫们坐在酒馆里，一边喝酒，一边闲聊。其中一个叫普拉尔汉斯的说："到今天，我还没有见过哪一个人割草能超过我的！除非是魔鬼。即使是魔鬼，我也敢跟他比试比试！"他的酒友们对他说："你可别说这样的大话！"可是普拉尔汉斯的海口越夸越大，越说越玄。

一般来说，夸口的人在故事中不会有好的结果。这个故事是否会与众不同呢？

一个早晨，天刚蒙蒙亮，他走到自己的草地时，那儿已经有一个人了。那个人长着个尖尖的鹰钩鼻子，脸上流露出一种瞧不起人的表情，手里握着把寒光闪闪的镰刀。普拉尔汉斯马上明白了，自己真的碰上了魔鬼，他吓得两腿直哆嗦。

正当普拉尔汉斯惊魂未定的时候，那个人开口了：

"听说你昨天吹大牛了，说什么割草比魔鬼割得还快！今天我就来跟你比试比试。我让你先割十三刀，要是我赶上你，我就拿走你的灵魂！"

可普拉尔汉斯也不是好惹的。他一边磨镰刀一边打着主意，终于想出了个好办法。

他拿着镰刀径直走到草场的中心，魔鬼不明白他这是什么意思，就跟在他的后面。普拉尔汉斯挥起镰刀绕着圈子割，魔鬼在后面紧追不放。圈子越割越大，在外圈的魔鬼每一圈都要比普拉尔汉斯多割许多，于是距离越拉越大。普拉尔汉斯机警地偷偷看了看这个可怜的魔鬼，见他累得上气不接下气，豆大的汗珠成串地往下淌。普拉尔汉斯见魔鬼赶不上他，很悠闲地拿出磨刀石磨镰刀。魔鬼一心想赶上他，于是就喊："喂，再磨一会儿吧！"可是普拉尔汉斯磨过镰刀以后，割得越发快了。魔鬼终于累得筋疲力尽，扔下镰刀不干了。普拉尔汉斯嘲笑地看着他，魔鬼又羞又怒地逃走了。

普拉尔汉斯是怎么赢了魔鬼的？一是走到草场中心开始绕着圈子割，魔鬼在外圈割；二是磨刀后再继续割，因为磨刀不误砍柴工。

如果画一画他们割草的路线图，再画一下魔鬼累坏的样子和普拉尔汉斯悠闲地磨刀的样子，是不是很有趣？

想一想：

1.想一想普拉尔汉斯身上有哪些优点和不足？

_____

_____

2.故事开头为什么写普拉尔汉斯酒醉后夸下海口？

_____

_____

问一问：

关注普拉尔汉斯和魔鬼比赛割草的过程，试着从不同角度提问。

_____

_____

幸福取决于什么

（意大利）

有一天，两个朋友争论不休，他们争的是幸福取决于什么。

"这是用不着动脑筋多想的！"一个叫喊起来，"金钱带来幸福。你总知道我是怎样成为诗人的。当初谁也不肯出版我的诗篇，后来我的姨妈猝然去世，留给我一笔遗产，我用来出了本诗集。打这以后，新的作品就不断问世。要不是姨妈的那笔钱，到现在也不会有谁晓得我是个诗人。"

"瞎扯！"另一个抢过话头，"命运决定一切。如今在意大利，我已经算是个著名的歌唱家。可就在前些时候，还没有人愿意听我唱。我只能站在海岸上，对着鱼儿唱歌。后来时来运转，路易斯伯爵那天恰巧乘船经过，他听见我的歌声，就发出邀请，让我到他为未婚妻举办的舞会上表演。这么一来，我顿时名扬四海。这和金钱有什么关系呢？命运，我的朋友，全是命运。"

诗人和歌唱家争了半天，也争不出个结果，就一同外出闲逛。他们信步走去，来到城郊，望见一座墙歪壁倒的小茅屋。有一个小伙子，穿得破破烂烂的，坐在茅屋的门槛上，弹着六弦琴。

诗人招呼小伙子："朋友，我看你生活得无忧无虑啊。"

"一个人明天就要饿肚子了，哪儿谈得上无忧无虑啊？"

"那你怎么还在这儿弹六弦琴呢？"歌唱家问。

"你不知道，这把六弦琴是我父亲留下的唯一遗产。"

诗人和歌唱家对望了一眼。因为他俩不约而同地产生了一个想法：这正是我们要找的人！这样一来，我们就能判断出，究竟是什么更重要了。

他们各自从口袋里掏出五十枚小金币，送给六弦琴手。

"整整一百枚金币！"小伙子惊呼，"慷慨的先生

他们俩的争论，听起来好像都有道理。那么，幸福到底是取决于金钱还是命运，还是别的什么？

们，谢谢你们了。"

"先别道谢。一年以后，我们还要来看看，这笔钱到底是否对你有所帮助。"两个朋友说完，就回去了。

他俩刚在大路拐角那儿消失不见，阿尔其岱（这是小伙子的名字）就自言自语："我得先去买点香肠吃，然后再考虑怎样使用这笔意外之财。"

他把钱币塞在软帽的衬垫里面，出门朝小食品店走去。

阿尔其岱还没走满十步，忽然出了件意外的奇事：一只羽毛蓬松的乌鸦，从橄榄树枝头飞扑下来，伸出爪子，攫住阿尔其岱的软帽，冲上了半空。

"乌鸦！还我钱！"可怜的阿尔其岱大喊。

但是，乌鸦翅膀扑扇得更快，一转眼就不见了。

过了一年，诗人和歌唱家再次朝阿尔其岱家的茅屋走去，他们用不着敲门，因为跟头一回一样，小伙子正坐在门槛上弹六弦琴。

"怎么样？"两个朋友向他招呼，"你仍旧在拨弄六弦琴？"

阿尔其岱垂头丧气地回答："一只乌鸦把我的幸运连同软帽一块儿抢走了，我有什么办法呢？"

于是，他简短讲述了那段令他伤心的经历。

"啊！"歌唱家转脸对诗人说，"决定幸福或不幸的是命运，这我不是早就说过了吗！不妨来个假定，乌鸦是希望在自己睡觉的那个窝里，不单单铺着枝枝叶叶，而且要垫上软绵绵的布头。然而，为什么偏偏在阿尔其岱刚把钱放进软帽的时候，乌鸦就飞来抢走了帽子？这倒要请你给我解释一下。"

"瞎扯！"诗人打断歌唱家的话，"如果乌鸦不把钱抢走，阿尔其岱一定会生活得舒舒服服。朋友，可见关键的还是金钱。"诗人说完这番话，又从口袋里取出一百枚小金币，送给阿尔其岱。

阿尔其岱再次激动地向两人道谢。两个朋友挥挥手，说一年以后再来看望他。

这回阿尔其岱学乖了。他到小食品店里去买香肠。你们总还记得，一年以前他硬是没尝到香肠的滋味。他把一枚小金币含在嘴里，其余九十九枚藏得稳稳当当。你们猜，他藏在哪儿？嗨，藏进了扔在屋角的一只破鞋子里面啦！

"好了，这下子什么乌鸦也抢不去了！"他暗暗寻思，觉得自己这个办法想得实在巧妙：小偷也不会有兴趣偷这样破烂的东西。

　　不料，当阿尔其岱朝小食品店走去的时候，发生了这样一件事情：邻家的一只猫溜进了茅屋。猫主人是要在自己吃填饱肚子以后才喂东西给猫吃的，所以猫从来没有哪一天填饱过肚子。这时候，猫找遍全屋，自然，什么能吃的东西也没找着。恰巧有只小老鼠，突然从洞里蹿出来，猫追过去。小老鼠东躲西逃，钻进了破鞋子里。阿尔其岱的钱正藏在这只破鞋子里。猫一拨弄，把鞋子翻过来，小金币顿时滚落一地，小老鼠却溜进洞里去了。于是，那猫就用爪子又拨又推，玩着小金币，直到连最后一枚也掉进了老鼠洞。当阿尔其岱从小食品店回到家里的时候，他又穷得跟昨天一样了。钱丢了就算啦！幸运的是，他总算买来了香肠。

　　一年以后，歌唱家和诗人又如约而至，只见阿尔其岱依旧坐在破茅屋的门槛上，弹着六弦琴。

　　"嗨。"诗人惊叫一声，"这太过分了！也许，你硬要让我们相信，第二次的一百枚小金币又叫乌鸦抢去了吗？"

　　"唉，善良的先生。"阿尔其岱叹了口气，"我并不要你们相信什么，因为我自己也不知道钱到哪儿去了。"

"决定一切的是命运，而不是金钱。"歌唱家对诗人说，"这下你应该深信不疑了。"

"相反，"诗人说，"这使我更坚信，只有金钱能给人带来幸福。但是，我已经不想再来证明自己正确了，因为花钱太多了。现在你来证明自己的观点吧。"

"我试试看！"歌唱家回答。

他在口袋里摸了一会儿，掏出一颗小铅球。他自己也不知道这小东西有什么用，而且想不起怎么会放在口袋里的。

"不幸的人，拿去吧！"歌唱家一边说，一边把小铅球交给阿尔其岱，"也许对你来说，这东西比钱还要有益处。"

两个朋友告辞离去了。

小铅球曾经在歌唱家的口袋里搁了很长时间，但在阿尔其岱的口袋里搁得更久。直到有一天，阿尔其岱肚子饿得实在受不了了，连弹六弦琴也不能消忧解愁，他这才想起了小铅球。他把小铅球掏出来，放在手掌上，心里琢磨："卖掉吗？连一个铜板也不值呀。可既然造了出来，总有什么用处吧！"

忽然，阿尔其岱拍了一下额头："我怎么没有早点想到！它可以做个挺好的坠子呀！"他削了一根柔韧的、长长的柳枝，把一枚别针弯曲成小钩，把小铅球牢牢地坠在线上……总而言之，过了个把钟头，阿尔其岱已经坐在海边的大石头上钓鱼了。

然而，鱼儿仿佛故意考验他似的，怎么也不上钩。阿尔其岱在岸边整整坐了一天，如果换了别人，早就离开了。可阿尔其岱不是这样的，他一旦着手干什么，就一定要坚持下去。他决定跟鱼儿比比耐心。结果，他真的比赢了。

到日落的时候，鱼儿开始上钩了。这个年轻的渔夫刚钓到一条，又上来一条。啊，他用钓到的鱼煮了一锅鱼汤，味道那个鲜哟，谁闻到了都想尝尝！

鱼儿钓了那么多，第二天早晨，阿尔其岱到市场上去卖掉了一半。接着，他又回到海边钓鱼。

就这样，他每天钓鱼。半年以后，他有了一张网。又过了半年，他买进一条小船，成了个真正的渔夫。

阿尔其岱把小铅球变成了钓鱼的坠子。于是，他认真钓鱼，就有了鲜美的鱼汤。他每天钓鱼，就有了网，还买进了小船。一切都在变化。

诗人和歌唱家怎么样了？哦，他们自己忙碌得很，把弹六弦琴的穷小伙子完全给忘了。他们一个朝西，一个朝东，出去长途旅行。等到两个人在家乡重新相遇，已经是五年以后的事了。这时，他们想到了阿尔其岱，决定去看望他一下。

两个朋友又来到了老地方。一瞧，茅屋不见了，换成了一幢很漂亮的房子。有两个小孩儿在房子旁边游戏，一位年轻的女主人站在门口，含笑望着孩子。

两个朋友走上前去，向年轻的妇人打听："您可知道弹六弦琴的阿尔其岱到哪儿去了？"

"怎么会不知道呢？"妇人转身去喊，"哎，孩子他爸，有两位高贵的先生来找你。"

房子里有人应声走出。两个朋友一看，此人不是别人，正是阿尔其岱，就急着向他探问。阿尔其岱让他们坐下，从头至尾讲了自己的经历。我们用不着从头讲起，开头那一部分我们已经知道了，就来听听还不知道的那部分吧。

"……两位高贵的先生，就这么着，我有了小船和渔网，成了真正的渔夫。后来，柔凡娜爱上了我。我呢，自然也爱上了她。在这件事情上，六弦琴也替我出了力。总之，我们要结婚了。可不能让年纪轻轻的妻子住进墙歪壁倒的茅屋哇。我们打算在原来的地基上造一幢新房子，就动手拆掉茅屋……现在请仔细听，亲爱的先生，这跟你们也有关。我们当时在旧烟囱上面发现了一个废弃的乌鸦窝，窝里有一顶软帽，帽子里有一百枚小金币。我非常高兴，终于能够还掉这笔旧债了。"

阿尔其岱跑进房间，取出一顶软帽，里面的小金币在叮当作响。他还给歌唱家和诗人每位五十枚，接着又把故事讲下去："这还不算，拆地板的时候，在屋角的老鼠洞里，又找到了九十九枚小金币。第一百枚小金币当时被我拿去买了香肠用，现在我把这枚缺了的补上。"

阿尔其岱的妻子柔凡娜听到这儿，就去拿来一个扎得很牢靠、做得很好看的钱包。阿尔其岱接过去，交还给诗人。

"至于那个小铅球，"他说，"让我留作纪念吧。"

阿尔其岱刚一讲完，两个朋友再次为那个老问题争得面红耳赤。

"命运！"歌唱家叫喊。

"金钱！"诗人高声压倒他。

争来争去，两人还是提出原来的依据——什么姨妈的遗产啦，著名的路易斯伯爵的支持啦。

阿尔其岱听着听着，最后也参加了辩论。

"请允许我也说说自己的看法。金钱是重要的，命运也是重要的，不过请相信我，最重要的是劳动和毅力。诗人先生，姨妈的遗产也许真的帮了您的忙，然而更重要的是，您虽然多年穷困潦倒、默默无闻，却没有停止过写诗。歌唱家先生，路易斯伯爵帮您扬了名，然而更重要的是，在伯爵乘船经过的那个幸福时刻到来之前，您一直没有停止过练唱。至于我呢，我所获得的一切，都是双手辛勤劳动的结果。"

歌唱家和诗人沉思片刻，接着不约而同地脱口喊出："以圣母的名义发誓，他的话正确！"

歌唱家和诗人一直争执的问题有了结果，这个结果最终由阿尔其岱说出来。歌唱家和诗人认为很对。他们的幸福表面上看是因为"姨妈的遗产"或是"著名的路易斯伯爵的支持"，其实重要的原因是诗人"没有停止过写诗"，歌唱家"没有停止过练唱"。

记得有一句话叫"机会永远垂青有准备的人"。所以，阿尔其岱的幸福不是来自他们送的金币，而是默默钓鱼，就是用双手来辛勤劳动。

想一想：

1.乌鸦和小猫让阿尔其岱丢失了金币，最后阿尔其岱却过上了幸福的生活，他靠的是什么？

_____

_____

2.歌唱家和诗人争论的内容，最后有没有答案？答案是怎么得来的？

_____

_____

问一问：

聚焦故事的题目，联系现实生活，你会提出什么问题？

_____

_____

阅读向导的话（写给老师与家长）

　　《世界经典神话和传说故事（下）》是一本故事集，收集了全世界多个大洲众多国家共计十八个神话和传说故事，这些神话和传说在各个国家可谓妇孺皆知、家喻户晓，被奉为经典，广为流传。这些故事，情节曲折离奇，其中的人物个性鲜明，语言生动有趣，为孩子打开了一个不一样的世界。这些从众多优秀故事中精选出来神话和传说，是世界文学艺术的瑰宝，值得孩子一读再读。

　　阅读《世界经典神话和传说故事（下）》，能带给孩子什么呢？一个个故事就如一道道丰盛的精神大餐，它们告诉孩子要懂得感恩和回报，它们激励孩子要学会勇敢和坚强，它们教会孩子要诚实和善良，它们教导孩子要坚毅和执着。当然，这些神奇曲折的故事，还能让孩子从中看到人性的美好和缺陷，明白生活中需要面对各种问题，但还是要以诗意和真诚的目光看这个世界，对未来充满想象和向往。可以相信，孩子们在这些故事的浸润下，一定会健康快乐地成长。

　　作为老师和家长，如何指导和帮助孩子阅读呢？我们不妨把阅读分成如下几个阶段。

　　第一阶段，叫"囫囵吞枣"。孩子们拿到书之后，一定非常激动，恨不得马上翻开来读。我们要保护好孩子们急于阅读的这份激情，那就放开手脚，不做要求，让孩子们痛痛快快地读。当然，要给一个期限，可以规定在一定时间内，比如三周内全部读完。至于先读哪篇、后读哪篇，是挨着读倒着读，还是跳着读，随他们。

第二阶段，叫"细嚼慢咽"。第一遍囫囵吞枣地读，就像猪八戒吃人参果，没嚼几口就下了肚，根本没品出什么味儿来。这第二遍，就要细嚼慢咽了，规定孩子每天读一到两个小故事，并为他们设计几个有价值的问题，引发孩子思考。对特别精彩的故事情节，和孩子一起聊一聊，故事中的这个人为什么要做这件事？为什么要说这句话？为什么会出现这个场景？还会出现什么样的结果？如果让你来编写你有怎样的创意？还可以欣赏由故事改编成的电视剧、电影、舞台剧、动画片等，品味各种不同艺术形式的异同。

第三阶段，叫"成果展示"。这些经典的故事，孩子们真的读懂了吗？读懂了多少？我们不妨打破常规，丰富形式，让孩子进行阅读的成果展示，激发孩子持久阅读和阅读同类书的兴趣。老师可以在班内开展演讲、诵读、征文、知识问答、有奖竞猜、课本剧表演等活动。家长可以听孩子讲一讲、画一画、写一写、演一演，完成每个故事中"阅读向导的话"中的小小任务。必要的时候，家长可以用平等的态度，就某个话题说说自己的理解和评价，展示自己的阅读成果，促进孩子对故事内容的理解和对知识的掌握。

美国著名诗人惠特曼在《有一个孩子向前走去》这首诗中这样写道："一个孩子向前走去，他看见最初的东西，他就变成了那个东西，那个东西就成了他的一部分。"他看见早开的紫丁香、绚丽的朝霞、红色与白色的苜蓿草，这些就成了他生命中的一部分。我们要做的，就是领着孩子一起去发现最初的美好，如善良、勇敢、智慧、坚持、宽容、担当、爱和慈悲，而这些最初的美好，就藏在这些精彩的世界神话和传说故事中。

书籍是巨大的力量。陪孩子一起读吧，获得巨大力量的不仅是孩子，还有你。这，真是一件美妙的事情。

快 乐 收 获

一、回顾与梳理

1.根据提供的信息，写出故事名称，再简要地讲一讲。

（1）宫本　　鞋匠　　依洛　　人们

_____

（2）白胡子　没胡子　秃头　　阿里

_____

（3）财富　　智慧　　商人　　铁皮匠

_____

（4）巨人　　恶魔　　杰克　　少女

_____

2.这本书中最长的故事就是《阿里巴巴与四十大盗》，试着用小标题梳理故事情节，并将精彩之处简要复述。

_____

_____

_____

_____

3.读完《渔夫与魔鬼的故事》，想象渔夫回到家后会怎样将这件事讲给家人听？怎样讲给村里人听？根据不同的听众，有创意地讲讲这个故事。

_____

_____

_____

_____

4.《割草比赛》中的普拉尔汉斯，一开始曾夸下海口，但结果和我们的预想相同吗？说说这个人物的特点。

_____

_____

_____

_____

5.班级共读完《世界经典神话和传说故事（下）》，准备举行讲故事比赛，主题关于"勇敢"，有哪些故事可供选择？你准备讲哪个故事？请将重要的情节用小标题列出来。

_____

_____

_____

_____

6.老师策划一期"世界经典神话和传说故事会"，准备选择"感恩和回报""诚实和善良""坚毅和执着"三个主题，请你为每个主题推荐故事，并陈述推荐理由。

_____

_____

_____

_____

_____

7.这本书中哪些故事体现了人类智慧的重要性，它们在内容和写法上有什么异同？先列个表格筛选故事，然后比较阅读。

_____

_____

_____

8.读完故事，我们也许会从人物身上学到经验，也许会从故事中得到启示，初步形成一个大致的主题。打开目录，试着根据题目，将故事的主题用简洁的语言表述出来。

_____

_____

_____

_____

二、和课文一起读

1. 世界各地流传着多姿多彩的神话传说，在这些充满想象的故事中，有许多性格鲜明的人物形象，他们一般具有哪些美好的品质呢？联系具体的人物说一说。

_____

_____

_____

_____

_____

_____

_____

　　2. 世界经典神话和传说故事，情节曲折离奇，常常表达人们的是非善恶观，寄托美好的愿望。联系课文中学习的神话传说故事，结合下面的情节冲突类型，多角度探究这类故事情节发展的异同。

情节冲突类型
人与人之间的冲突（两个或两个以上人物之间的对抗）。
人与社会之间的冲突（比如人与学校、家庭等产生重大矛盾）。
人与自然之间的冲突（比如人与天气、动物形成对抗）。
人与自己的冲突（比如自己的想法、做法的不一致，形成尖锐矛盾）。

三、读书讨论会

　　1.《阿里巴巴与四十大盗》中，女奴莫姬雅娜对药店售货员撒谎，救了阿里巴巴。你如何看待生活中的诚实与撒谎呢?

_____

_____

_____

_____

_____

　　2. 读完《渔夫与魔鬼的故事》，有人认为人类的智慧远胜一切妖魔鬼怪，有人认为渔夫将魔鬼骗进铜瓶的行为不光彩，你怎么看？

_____

_____

_____

_____

_____